光明文丛

此心通透即太平

廖立新 著

四川文艺出版社

图书在版编目（CIP）数据

此心通透即太平 / 廖立新著 . 一成都：四川文艺
出版社 , 2023.11
ISBN 978-7-5411-6785-0

Ⅰ . ①此… Ⅱ . ①廖… Ⅲ . ①散文集－中国－当代
Ⅳ . ① I267

中国国家版本馆 CIP 数据核字（2023）第 214957 号

CIXIN TONGTOU JI TAIPING

此心通透即太平

廖立新　著

出 品 人　谭清洁
统　　筹　朱　兰
责任编辑　李国亮　孙晓萍
封面设计　魏晓舸
内文设计　史小燕
责任校对　段　敏
责任印制　喻　辉

出版发行　四川文艺出版社（成都市锦江区三色路 238 号）
网　　址　www.scwys.com
电　　话　028-86361802（发行部）　028-86361781（编辑部）

邮购地址　成都市锦江区三色路 238 号四川文艺出版社邮购部　610023
排　　版　四川胜翔数码印务设计有限公司
印　　刷　成都蜀通印务有限责任公司
成品尺寸　145mm×210mm　　　　开　　本　32 开
印　　张　7.625　　　　　　　　字　　数　170 千
版　　次　2023 年 11 月第一版　　印　　次　2023 年 11 月第一次印刷
书　　号　ISBN 978-7-5411-6785-0
定　　价　46.00 元

写作是一场一个人的修行

9月27日，远人老师问我，最近能不能整理一部散文集给他，10万字左右。

我估摸了一下，底气满满地告诉他，没有问题。这种底气与才力无关，纯粹源于氛围与习惯。往大里说，深圳这座城市极富包容性，各行各业，不同层次的人，都能在这里找到发展的空间，文学也一样。往小里说，光明区作家协会有极好的传统，定期举办文学沙龙，不表扬只批评，直面问题，着眼于改进和提高；有一批劳模级会员带头创作，像火车头一样拉着大家狂奔，尤其是光明区作协主席远人老师，一下笔就成了拼命三郎。在这样的环境和气氛中，想偷懒都不行。

散文不像诗歌，诗歌太神秘，太依赖灵感和才气；也不像小说，小说计划性太强，需要按照设计图飞针走线、精描细缝。散文比较随意和自由一些，可以是即兴的、冲动的有感而发，也可以按照一定的规划围绕某个主题去写。散文的这种特点，比较适合当下的我，可以信手拾掇，不必大费周章。做老师的，平时工作都比较忙，基本上没有时间码字。周末倒是可以收敛了别的爱好，少钓钓鱼，多码码字；少走门串户，多参加作协的沙龙学习。我记得，远人老师多次向我求证，问我是不是加入光明区作家协会之后才开始认真写点东西的。答案是肯定的，一群人携手共进肯定好过一个人跌跌撞撞摸着石头过河。

我不得不承认，组织的力量很强大。加入光明区作家协会之后，码字的数量是前半辈子的几十倍。这个话也可以反过来理解，那就是前半辈子对文字太疏远、太懈怠，完全对不起大学中文系发的那个本本。现在才来赎罪，虽然已经有点晚了，好歹也表示个忏悔的态度。忽然想起在师范大学念书的时候听作家班学员开讲座的事情，某君在讲座上用南昌方言吟了四句打油诗："头世作多了恶，今生来搞创作。日里有有闲，夜里闲不着。"彼时觉得很好笑，从来没有想过这是一条咒语，会应验在几十年后的自己身上。

收在这个集子的文章，包括前言和后记，少则数百字，多则几千字，时间的跨度在2020年7月14日到2022年10月6日。记得这么清楚，当然要感谢微信，感谢朋友圈。现在的报纸、杂志，基本都实现了数字化，发表了文章都有高清电子版，有网络链接。发在朋友圈，或者先微信收藏，等到有空闲的时候再整理成文档，非常方便。

虽说一群人在一起很热闹，但码字都是独处时才能干的事儿。从这个意义上来说，写作永远是一场一个人的修行。

目 录

有稼有穑

3 / 一场农事嘉年华

6 / 耘禾日当午

9 / 盛夏晒谷忙

12 / 镰声札札割禾忙

16 / 三月松林采菇忙

19 / 版筑小记

山水有灵

25 /　梦里仙源，红色圣地

29 /　谒炎陵

31 /　在云髻之巅探测生命高度

35 /　在狮象岩，聆听古人类的啸呼

38 /　散章三题

40 /　白花，白花

45 /　白云深处，靖安人家

49 /　茅洲河从诗词里流过

54 /　杨村三题

57 /　山灵水通意空蒙

60 /　有花如仪尽少年

人间冷暖

65 /　丁香蛋囊

67 /　东哥，东哥

70 /　物管老冯

73 / 风吹酸柳肥

76 / 外公的旱烟筒

79 / 传菜声声饭菜香

82 / 我的外婆

86 / 一样的高考，不一样的风景

89 / 是你，让我超越了平常的自己

92 / 药箱说·凉亭说·所长说

101 / 一个退休老人的套

舌尖烟云

111 / 藜蒿更比腊肉香

114 / 美食串串

119 / 楼顶风光四时新

122 / 崖口，一饭成名天下知

闲情雅趣

127 / 《装台》：用初恋之心面对虐人生活

130 / 鹤兮归来

134 / 光明建筑之美

140 / 2022年新年梦想

142 / 在文字的王国里做一个神奇的魔术师

144 / 与狼共成长

书里乾坤

149 / 一幕荒诞的人生实验剧

152 / 用"城愁"涵养城市人格

156 / 文艺老瓜农的情节布线

158 / 攀附在病树上的曼陀罗

161 / 用文学救赎病态生命

163 / 拼图，还是拼图

166 / 英雄碧血化长虹

168 / 恋爱ABC

171 / 谁是谁的拯救者

174 / 平视·聆听·共情

178 / 用文字挽留消逝的乡土文化

桥里桥外

185 / 寻桥·品桥·恋桥

190 / 此心通透即太平

192 / 拱宸桥半杭州史

194 / 矮寨悲歌亦辉煌

196 / 坝陵飞渡觅奇秀

199 / 一念安平唯长久

201 / 洛阳江冷桥坚强

203 / 小桥乘风变网红

205 / 潮州潮人"潮"一桥

地名寻趣

211 / 东坑说"东"

213 / 长圳说"圳"

216 / 田寮说"寮"

219 / 迳口说"迳"

222 / 羌下说"羌"

225 / 新陂头说"陂"

228 / 薯田埔说"埔"

232 / 后　记

有稼有穑

一场农事嘉年华

春插，简直就是一场农事嘉年华。

好多天以前，就订好了日期，约齐了亲朋好友，像办大喜事一样。

好酒好菜是必须的，中途还得多次打尖儿，最常见的就是煮粉煮面，再加劲一点儿的就煎油米粿，撒上白糖，香喷喷，甜滋滋，老远就能闻到那香甜味儿。

秧田里的秧苗是早就育好的，此刻正在秧田里迎风抖擞着，等待着被移栽到水田里。早饭之前，得先把稻秧拔好。拔秧不算技术活，但力道的掌握是有讲究的，不能用猛力，要用阴柔劲儿，捉牢秧苗的茎，轻轻地从软泥里拔出来。右手拔，左手收，等到拔够了一大把，正好够两手握定，就在水里抖荡起来，将根部的泥涤荡干净，用泡涨的笋壳条捆扎起来，在竹箕里码好。有时候，根泥结得紧，不容易抖荡干净，难免加大力度，一不留神，溅起来的泥水把自己浇了个大花脸，像戏台上的曹操，惹得旁人哈哈大笑。

这边在拔秧，那边得赶紧整理新田。以前常用"修理地球"来调侃没有考上学而回家种田的人。没有干过农活的人还真体会不到，在田地间劳作，"修理地球"，既是技术活，也充溢着劳作的艺术之美。整理新田的工作工序繁杂，工期较长，要提前着手，充分铺垫。

第一件事就是斫田坎，将长满荒草的田坎砍削清理得干干净净。接着是铲坎，用镰铲将田坎的草皮草根铲除尽净。修理过的田坎，看起来光光亮亮，爽心悦目。然后开始耕田，赶着牛，扶着犁，任道道泥浪翻卷起来，从一侧柔顺地倒向另一侧。沉睡的大地似乎还有些慵懒，还有些贪睡，犁铧刚把它唤醒，它又换个姿势沉入梦乡。如果种了红花，肥壮油绿的红花被翻转覆盖在泥层之下，沤腐成为很好的底肥，只可惜了那些紫红色的小花。犁铧过处，绿毛毡变成黑棉被。舒舒服服在泥土里躺了一个冬天的肥硕蚯蚓，此刻全被扰醒，惊慌失措地四处乱爬。犁好的田先灌满水，再拉上踩耙把犁翻的大土块切割开来。对于孩子们来说，这是一幅让人羡慕的图景，是一种好玩、刺激又惊险的游戏。牛儿铆足了劲往前拽，踩耙锋利的齿刀把泥块细细划开，农人踏在踩耙上驾驾有声，那神态，那威仪，仿若脚踩风火轮的哪吒，又像古战场驾着战车的将军。小人书里所描绘的场景，大门板上年画里的画面，此刻全都复活在春光明媚的田畴里。擅掌犁铧、御大兽的农人，成了孩子艳羡膜拜的"大神"。倘能得到"大神"眷顾，扶你在踩耙上坐上一程，便觉得沾了仙气，立刻有了腾云驾雾的本领。

踩好田，用插耙耙平，等田里的泥巴沉几天就要开始修整田塍。先用镰铲将原来田塍上的杂草铲去，再将田塍铲成45度坡，用大铁耙挖起大团的新鲜软泥放在上面，赤着脚将泥巴抹平整，抹圆滑，等泥巴干透了，就是一条黄金通道。田塍既是水田的挡水堤坝，又是田间劳作的通道，还是栽种豆类的畦垄，实在马虎不得。南派功夫，重桥铁马，下盘扎实，少腾挪纵跃，多吞吐开合，据说就与这种稻作习惯有关。你想啊，窄窄一条田塍，仅容一人通过，两人对阵，下盘松浮，轻轻一带就跌落水田，岂不立刻成为笑谈？

这边新田整好，那边秧苗上场，一场插秧大赛就要开始了。只见一把把秧苗在空中划着弧线，均匀地散落在水田的各个角落。男女老少，弯着身，弓着腰，左手递，右手插，且退且插，才片刻工夫，身前已经长出一长幅的绿秧苗。脚踩在烂泥浆里，油嫩的泥浆噗噗地从趾间滑过，好像有千万条小鱼在啃噬着，酥酥麻麻。泥软水滑，新栽的秧苗似乎有些站不稳脚跟，在微风里轻轻颤抖着，让人不免心生怜惜。其实过不了多久，它就舒展根脉，牢牢地扎进泥底，完全不用担心它。插秧是力气活，得有一副好身板，耐得住酸痛；更是技术活，得心灵手巧，四体配合默契。高手栽出的秧苗，横看一条线，竖看一条线，斜着看还是一条线。虽然不是数学家，但禾垄里的图形之美、变化之妙，连最伟大的数学家都要赞叹。技术不到位的人，播的秧苗歪歪扭扭，东倒西斜，行不成行，垄不成垄，甚至栽下去的第二天禾苗就横尸水面，一命呜呼。插秧是艰辛的劳作，更是一场难得的嘉年华。久未见面的老表，借此机会叙旧谈天；未出阁的姑娘，借此机会寻觅佳婿，谈谈笑笑，打打闹闹，或许无意间就敲定了一桩大事，成就了一段姻缘。

最开心的，当然还是主人家。望着成片的水田里，绿油油的秧苗在夕阳的余晖中闪射着万缕金光，仿佛一袋烟的工夫，就可以枕着千万斛金灿灿的谷子入梦。

耘禾日当午

耘，从耒（lěi），从云，云亦声。"耒"指用耒这种农具除草，"云"意为"回旋团聚"。"耒"与"云"联合起来表示"用农具耒在作物植株周围除草和培土""把除去了杂草的泥土聚集在作物植株周围"。在南方水田，耒完全没有用武之地，更加灵便的是农人赤裸的双脚。双脚轮换，叉开脚丫，夹住杂草，踩入烂泥；绷紧掌刀，将板结的田泥一一铲松，抹平。耘禾是稻作工序中极重要的一环，相当于文章里承上启下的段落，抑或历史上继往开来的时代。当初新耕、新耙的松软水田，经过长时间的沉淀，已经变得有些板结。在禾苗日长日高的同时，一些杂草伺机蠢动，开始蚕食宝贵的水肥资源。当初打下的底肥，经过前期的消耗，也渐渐难以为继，承担不起后期扬花、孕穗、灌浆的重任。通过耘禾，给已经进入快速生长期的禾苗来一次全面的松土、除草、施肥的工作，重整旗鼓，积蓄力量，为接下来的爆发式生长赋能、助威。

耘禾是艰辛难熬的劳作。此时，天已大热，苗已大长，粗壮的禾叶把垄和垄的间隙遮盖得严严实实。赤日炎炎，如火似焰；

热浪滚滚，且蒸且腾。禾叶虽不似芦苇，没有锋利的锯齿，但在肌肤上反复摩娑，也会拉出道道红痕。下田之前，务必用长裤长衫将自己裹得严严实实，有时还得在小腿上套上专门的腿套。头顶防晒伤，脚下防划伤。耘禾算不上重体力活，但双脚拨踩久了，又酸又痛，难免脚步踉跄，还得配上一根拐杖。装备齐整，下得水田，身子立刻矮下一截。施展着蹚泥步法艰难前行，绿海无边，似乎永远都走不到尽头。才坚持了一小会儿，热汗已经把后背的衣衫沾湿，还兀自汩汩滔滔，顺着脊椎骨往下流，在腰带处受阻又沿着腰带洇湿开来。天越是热，太阳越是烤得厉害，风就越是吝啬。一丝丝儿风都不见的时候，老一辈人传下来一个秘诀，那就是喔圆了嘴，大声地打呜呼："呜呼——呜呼——呜呼——"据说，这样就能唤来清风。所谓"呼风唤雨"，原本以为是老一辈人哄小孩子的鬼话，亲试几回之后，确有效验，便觉得很神奇。

耘禾之前一般都要撒一些火土灰作肥料，大抵相当于钾肥。烧火土灰的活儿基本上由妇女、儿童承担。一早一晚，拎了镰铲，去到草皮丰茂的地方，将草皮带土铲下来，晒晒干，团成堆，点火烧起来。这是真正的"闷烧"，不见亮堂明火，只有青烟弥漫，里面的温度高得吓人。摊凉的火土灰，还带着些红烬，落在禾叶上，飞进眼睛、鼻孔里，虽然蒙着毛巾、口罩，仍不免双眼迷蒙，鼻孔乌黑。耘禾时节，豆苗长到半人高，田塍上也冒出很多乱草需要拔除，顺手又用软泥将田塍糊一遍。豆苗叶的背面，常常隐着很多"洋辣子"（绿刺蛾的幼虫，身上带刺毛），一不小心碰到，手臂立刻变得火烧火燎起来。坎壁上的杂草，能做猪食的，扯下来缠成一把一把带回家；不能做猪食的，踩入烂泥里做肥料。杂草里隐着的荆棘，藏着的蜈蚣、马蜂，也得留神，不然又得遭殃。天气炎热，蛇虫横行，经常有乌梢蛇昂着脖子从禾垄里游过，难免心惊肉跳。

　　一天的劳作下来，光是在水渠里洗净两腿裤脚上的泥巴，就得花上半天。做个农民不容易，春耕夏耘，秋收冬藏，一年四季忙得连轴转。我因为读书上学、外出工作的缘故，只不过农忙时帮着打打下手，就已觉得疲累不堪。可怜我的三弟，从小体弱多病，初中毕业后就老老实实在家种田，所受的苦难不知道多出我多少倍！

盛夏晒谷忙

夏天的暴风雨说来就来，远远地看见山那边起了些黑云，一转眼老天爷的一张脸就变得乌青乌青，轰隆轰隆的滚雷声里闪出几条惊惧的火炼蛇，豆大的雨珠子就噼里啪啦打将下来了。

夏天温度高，晒得滚烫的新谷要是淋了雨，不消三两天，就会长出嫩嫩的谷芽，大半年辛勤劳作换来的收成就要泡汤了。这是万万不能接受的事情！所以，尽管农事繁忙，还得妥善安排人手，把晒谷这件顶顶要紧的事情布置妥当。

农家晒谷，用的是晒垫。晒垫用竹篾编织而成，宽二米五，长四米，平时卷起来用棕绳捆缚成筒竖放在偏房里，用的时候再扛去晒场铺展开来。收稻时节，早起第一件事就是把晒垫扛去晒场铺好。晒场就在自家房前屋后稍微平展一点的地方，如果不够用的话，再扩展到自家已收割完毕的稻田。晒场铺好了，就把打收回来的稻谷一担一担挑到晒场，倒在晒垫上，用长柄捞耙摊铺均匀。等先前所有收回家的稻谷摊晾开来，红红的太阳刚好从山脊背后拱将出来，温暖的阳光均匀地抹在谷粒上，漾出黄灿灿的光亮。尽管已经累得腰酸背疼，汗水滴答，可是看到满地金黄的谷粒，心头就充溢着满足与自豪。赶在日头出来之前把稻谷晾晒停当，才能从从容容地洗漱、吃饭，开始新一天的劳作。稻谷在晾晒过程中，为了脱水均匀，中途还要多次用长柄钉耙给谷子翻身。

晒谷最怕不期而至、说来就来的暴风雨。山那边风云初起的时候，正在田间劳作的老表们情知不妙，赶紧丢下手里的农活儿，拔腿就往晒场跑。一路跑，一路扯起嗓子招呼分散在各处的妇人、儿女。风刮得紧，雷震得天响，喊出去的话像纸片一样被风吹得打滚，囫囵话被扯成丝丝缕缕。好在这种阵势见怪不怪，大家早已心有灵犀，配合默契，赶忙丢了手中活计向晒场跑去。黑云已经从山边涌压过来，空中蹿起凉飕飕的风。热辣辣的毒日头禁不起威吓，早已经逃到层层黑云的身后。鸡扑棱着翅膀在空中打旋，大黄狗蹿来蹿去不知所措，晒垫上的禾芒被风吹得扬起来飘向半空中。

攥住晒垫的一角，沿对角线奋力一扯，四分之一的谷粒就抖向了晒垫的中心。四个角扯遍，晒垫中央已经拢起了一座小小的谷山。弯腰将撮箕抵在身下，伸出两只蒲扇大手拼命扒拉，片刻工夫便装了满满一撮箕。扭身倒进箩担里，又一头扑下去扒拉。小山迅速矮下去，箩担里飞快地涨起来。剩下最后一小摊没法扒拉了，干脆挪开身子，拎起半张晒垫一抖，剩下的谷粒乖乖被抛进撮箕里。装满稻谷的箩担，来不及整理绳套，胡乱在扁担两头缠上几圈，一发力挑上肩头就跌跌撞撞往家里送。如果时间来得及，晒垫也得卷起来收好，不然被雨水浸泡，容易发霉朽烂。要是动作迟缓，在与暴风雨的抢夺中落了下风，谷没收完雨就泼了下来，没奈何，只能拉住晒垫的一端覆盖住另一端，冀望着这场雨早点结束。

　　天气晴好的日子，早晒晚收，晒垫也可以卷起捆好留在晒场，不必搬进搬出。留在晒场的晒垫，有时候就成了孩子们晚饭后的游戏场，孩子们在上面打滚，翻跟斗，叠罗汉，玩得不亦乐乎。晒谷要看"火候"。捏一粒新谷在手，轻轻搓捻，能轻松褪去糠衣，稍稍用力可以捏碎米粒，那就大功告成。再用风扇车扇去芒衣、秕谷，储入谷仓，一年的温饱就有了保障。芒衣、秕谷就地焚烧，青烟袅袅中，"嘣"的一声弹出一粒爆米花，那是漏网的新谷送给贪嘴的孩子的意外礼物。

镰声札札割禾忙

以农事入诗，在中国诗歌史上习见，但像明代诗人高启这样能把割禾的场景写得如此细腻、真切的，倒不多见。

其《看刈禾》诗云：

> 农工亦云劳，此日始告成。
> 往获安可后，相催及秋晴。
> 父子俱在田，札札镰有声。
> 黄云渐收尽，旷望空郊平。
> 日入负担归，讴歌道中行。
> 鸟雀亦群喜，下啄飞且鸣。
> 今年幸稍丰，私廪各已盈。
> 如何有贫妇，拾穗犹惶惶。

对于农人来说，辛辛苦苦了大半年，最盼望的当然是收割了。这念想，随着芽谷撒下秧田，就开始一天天滋长。当嫩白的穗条从苞衣里钻出来，哪怕那嫩壳还是瘪瘪的，心里头的喜悦已经无法按捺。日日走过禾田，总忍不住俯下身子，打量轻抚一番。灌浆之后，谷粒无可扼制地饱绽起来。粗壮的稻秆源源不断地输送着养料，茂密的禾叶恨不得把空中的热力全部吸收过来，谷穗变得越来越沉重，沉重到再也挺不起骄傲的头颅，垂下去，垂下去。挂满谷粒的稻穗，沉淀的是母亲的快意与慈怜。

在秋风、秋阳的殷勤问候下，孕美的稻穗渐渐有了些成熟的模样，农人的心不免躁动起来。月明如昼，夜凉如水，新磨的禾镰在月光的照耀下泛着冷白的光芒。

"抚剑夜吟啸，雄心日千里。誓欲斩鲸鲵，澄清洛阳水。"不知道农人试镰，是否也如同侠客试剑，心中涌起的是一种侠气豪情。当青黄的禾叶变得枯黄，层层黄云铺上梯田的时候，就该开镰收割了。春插是一场农事嘉年华，秋收则是"父子兵""亲兄弟"的"沙场秋点兵"。左手揽过一苑稻秆，"唰"一镰下去，齐崭崭割断。再"唰""唰唰""唰唰唰"，手上已是一大捧，扯过禾衣缠上几圈，架在已经干透的稻田。左一捧，右一捧，片刻工夫，就垒成了一座小山。割稻是腰功与臂力的竞赛，刚刚还是平直的起跑线，一转眼就分出了胜负，直线变成了起伏变幻的波浪线。金黄的稻浪，像一张硕大无朋的煎饼，被一张张贪吃的大嘴疯狂地啃噬着。飓风在狂飙突进，黄云被裹挟着步步后退，留下的是布满稻茬的空旷田野，还有那一堆堆孤独的小稻山。

割稻和打谷差不多要同时进行。当稻田被割出一丈见方，能容留下一只搭桶的时候，就可以腾出一个人手来打谷了。搭桶是一只大木桶，农闲时拿来杀猪、烫猪、褪猪毛，农忙时拿来打谷、盛谷子。现在，只需在搭桶三面围上竹垫，架上搭板，就可以打谷了。双手抓牢大捧的稻禾，抡圆了，用力砸向搭板，稍停一两秒，抖一抖，翻转身，如是再抡，再砸，再抖，稻穗上的谷子就脱落、掉进了搭桶里。新谷含水量重，装了新谷的搭桶越来越沉重，拖着、扛着搭桶在梯田里上上下下，没有一身好力气是不行的。以至于，在我们老家，衡量一个壮劳动力够不够强壮，力气够不够大，常常用装满新谷的搭桶来作为标准。倘若哪个后生仔能拽背着装满新谷的搭桶上坡下坎，健步如飞，便会赢得村民的交口称赞，美名很快传遍四邻八乡，成为姑娘们暗恋的对象。将搭桶里的新谷扒拉出来，装进箩筐，一担担挑回家。箩筐沉沉，扁担悠悠，两脚生云，心花怒放，情难自禁，免不了扯开嗓子，将拿手的曲子唱了一首又一首。

脱去谷粒的稻草，也是农家的宝贝，是耕牛过冬的好草料，还可以拿来编草鞋，捆缚东西，烧饭烧水。在打谷的同时，就要随手将脱粒的稻草捆缚好，抖开秆脚，竖立在禾田，晾干晾透。打完谷的稻田，站满了一个个的稻草人，似乎随时在接受你的召唤、调遣，煞是壮观。将晾干的稻秆捆成山，用竹扦左插一捆，右插一捆，两座小山就上了肩。挑回家，绕着一根杆子，头朝圆心，脚朝四周，把成束的稻秆一圈圈压紧压实，垒成一个秆塔。塔底垫了木头，塔顶盖了杉皮，无惧风雨，不怕霉烂，随用随取，十分方便。这秆塔，也成了孩子们的乐园，取了梯子，爬上爬下，攻防进退，俨然军事要塞。

稻已割，秆已收，空旷的田野难免撒落一些谷穗、谷粒。大条小条的谷穗上面，挂满了谷粒，就这样落在田里，未免可惜。得闲的农妇、小孩，便提了竹篮，游走在田野，将这些谷穗捡回家。20世纪七八十年代以前的农村中小学，经常会组织学生拾稻穗，并将满筐的谷穗兑成喷香的油饼发给学生。颗粒归仓的愿望虽然美好，终究难以完全实现，鸟雀们还有好长一段好日子可过，天天在田里啄食谷粒，像拿到油饼的孩子一样，叽叽喳喳，开心得不得了。

高启的《看刈禾》之所以能引发我的兴趣，就在于里面的诗句唤醒了我关于秋收的记忆。悯农是这类古代诗歌的基调，在如此喜庆的诗境里，高启笔锋一转，"如何有贫妇，拾穗犹惸惸"，借贫妇的形象来表达他的悲悯之情。

三月松林采菇忙

四时最好是三月，一去不回唯少年。

三月的风，柔柔软软，醉醉迷迷，香甜里跳动着燕语莺啼；三月的阳，融融暖暖，和和美美，静默中催动着草长菇肥；三月的雨，丝丝绵绵，润润油油，朦胧中潜藏着蕊怯花羞。

春阳送暖，松风滴露，当莹莹松针在阳春三月展露璀璨的生命光华时，松林里飘飞游荡的菌丝也找到了自己的家。松树根，草丛里，枯枝下，钻进去，躺下来，闭上眼，做一个悠悠长长的梦，等着采菇人喧哗的声音把自己叫醒。这些菇宝宝们是耐不得春雨的，一场雨下来身体就发育得特别快，鼓鼓胀胀的，藏都藏不住，懵懵懂懂从地底下钻出来，一晃一晃的，就亮出了肥肥胖胖的身躯。

它们的样子有点怪怪的，颜色深浅不一，有些地方泛着红，有些地方闪着黄，有些地方透着绿，有些地方还流出乳白的汁液。它们的菌盖也不大完整，好像被虫子咬过，掰开来还可以发现菌体内好些空空洞洞。在菌类王国，它们的样貌实在是太对不起观众了，便是饥饿的鸟雀从身边经过，怕也都懒得啄上一嘴。

这样不起眼的东西，却是我老家极美味、极珍贵的特产，是餐桌上的珍馐，乡思里的最爱，它有一个很仙气的名字，叫雪菇（一说血菇）。

每到采摘雪菇的季节，男女老少一起出动，穿起长衣长裤，戴上帽子，拎着竹篮，扛起竹耙，钻进密密的松林。拨开草丛，扒开枯枝，钻到树丛底下，仔仔细细地寻觅。一朵，两朵，一大丛，发现的惊喜让人的情绪顿时变得亢奋起来，呼朋引伴，大喊大叫，恨不得全世界的人都来分享这份快乐。荆刺扯烂了衣裤，树枝勾乱了头发，受惊的野蜂炸了团，毒蚂蚁在脚上爬来爬去，冷不防草丛里蹿出一条乌梢蛇。大自然为保护自己不受侵扰而设置的重重障碍，丝毫抵挡不了人们对于美味的狂热追求。市场上雪菇的身价也年复一年水涨船高，10元，20元，50元，100元，200元……

采回来的雪菇，用淡盐水浸泡，去除杂质，洗净，控干，撕成片，蒸蛋，炖汤，炒米粉，都是"点石成金"的好食材。有了它的加持，原本稀松平常的鸡蛋、猪肉、米粉陡然间变得卓尔不凡，妙不可言。雪菇本身的口感，倒没有什么特别的地方，不绵不脆，不爽口，甚至有一种沙沙的、渣渣的感觉。论口味，雪菇也不出奇，不是特别香甜，也不觉得特别淳厚。但世上的事物就是这么奇怪，本身并不出众的东西一旦有了合适的搭配对象，就能激发出迥然不同的东西，带给人全新的味觉体验。

每每看到友人们在朋友圈里晒图，很凡尔赛地抱怨老家寄来这么多雪菇吃都吃不完的时候，我就会想起我的江西老家，想起奉新、靖安、安义那些低矮山丘的松林，想起散在松林里样子丑丑的雪菇，想起人们热热闹闹捡雪菇的场景。

丈母娘说，雪菇其实蛮贱的，三六九，季季有。现在，正是三月，正是家家户户采雪菇的季节，这不免让困在斗室的我无限神往。

版筑小记

最早知道"版筑"这个词，是在读《孟子》的时候，《生于忧患，死于安乐》篇里说"傅说举于版筑之间"，意思就是傅说是从筑墙的泥水匠中被选拔的。

《史记·殷本纪》亦载："武丁夜梦得圣人，名曰说。以梦所见视群臣百吏，皆非也。于是乃使百工营求之野，得说于傅险中，是时，说为胥靡（犯法服劳役的人），筑于傅险。见于武丁，武丁曰：'是也。'得而与之语，果圣人。举以为相，殷国大治。故遂以傅险姓之，号曰傅说。"

一个名不见经传的泥水匠，因为君王一个离奇的梦而被寻访拔擢，坐到国相的位置，并且辅佐君王而致"殷国大治"，这样开挂的人生想不让人嫉妒都不行。事实上，大多数人是不可能有这样的实力和好运的，只能在诗文里悄悄地神往一下。于是，由这个典故衍生出来的专词就习见各朝各代的诗文里，如拔才岩穴、板岩、操筑、傅岩、傅岩之梦、傅说岩、筑岩、傅氏筑、傅岩版、说筑傅岩、版筑、版筑臣之类。

所谓"版筑"，意为筑土墙，即在夹板中填入泥土，用杵夯实。这种建筑方式，在"红土地"江西尤为普遍。江西之所以被称为"红土地"，固然是因为江西人富于斗争精神，有光荣的革命传统，其实也跟江西特殊的水土环境有关系。在江西境内，红壤分布面积最为广阔，约占总面积的56%。红壤土虽然酸性偏强，不利耕作，但黏性重，是夯土为墙、烧土为砖的优质建材。我老家在赣西北奉新山区，小时候住的就是夯土墙房。这种房子，墙体厚实坚固，冬暖夏凉。整个村子，远望去，红墙黑瓦，错落有致，炊烟袅袅，鸡鸣犬吠，充满暖暖的人间烟火气。

对农村老表来说，盖房子是一辈子的大事，不可以不隆重、不慎重对待。勘基址，择吉日，聘师傅，告亲友，办酒席，过新房，件件都得仔仔细细，劳心劳力，亲力亲为。所幸的是，农村是乡土社会，一家的喜事就是整个亲友团的喜事，就是全村的喜事。乡里乡亲，只要东家牵个头，大家都乐意出一份力，帮工，换工都行。除了石匠、木匠、泥水匠、筑墙师傅等技术工种无可替代外，其他的活儿大多都可以搭得上手。

盖新房的第一步，当然是选址、勘基、定朝向。这事得交给地理先生，他有一套真真假假的器具，有一套虚虚实实的说辞，也由不得你不信。东家呢，也懒得去弄懂这里面的路数，只要地理先生能讨来吉利，把房子的方位摆正就行。起手酒（开工酒）是必须要有的，这相当于以充满喜庆色彩的吃喝方式诏告天下，建房大业已经正式开始。第二步是打地基。先要清理基址，挖承水（墙基）。挖承水，就像挖壕沟一样，沿着预设墙线，从浮泥层开始挖，一直挖到硬底为止。然后，把预先准备好的石料倒入承水沟，砸紧，压实，这叫垫承水脚。垫承水脚时，房屋四个角的水平线都要拉平，硬底不必说，软土层太深的话还要打些木桩下去。墙基地下部分整严实了，地上部分还要走一圈麻石条。南方雨水多，土表湿气重，夯土墙不能直接与地面接触，必须再用一圈麻石条隔开。走麻石条的时候，得预留门位，将所有的门框竖好。这些都是技术活，东家少不了要送红包给泥水匠、包工头的，以求工程顺遂，大吉大利。

第三步就是"行墙"，即筑夯土墙，这是工程的主体部分。夯筑土墙是用夹板进行的，筑完一板再接下一板，且筑且走，故称"行墙"。行墙工具有墙板、杵槌、墙棍。行好的墙，只是粗坯，还需要修整得平整光滑，这叫"整墙"。整墙的工具有大拍板、小拍板、墙铲、铁骆驼。铁骆驼是用来吊墙线的，墙体正或不正只要吊一下线就一清二楚了。东家还要准备一些毛竹，用作墙筋和绞架之用。房子的第一层除砌一圈麻石条之外，需行墙七至八圈。中途要歇墙几次，怕的是泥墙没有干透，承受不起压力。第一层楼的墙体筑好，晾结实，安装好横梁，就可以开始行第二层楼的墙。第二层楼也需行墙七至八圈，然后再起飞尖。所谓"起飞尖"，其实就是筑人字墙——起好飞尖就可以上梁了。上梁是标志性工序，上完梁就意味着建房的主体工程已经竣工，后面的搭椽条，盖瓦，铺地板，粉刷，都属于收尾工作。

整个建房工程，参与人数最多，亲朋好友、四邻八舍齐上阵的，要数行墙了。夯土行墙，需土量极大，人手少了不够支应。挖泥要人，挑泥要人，做墙筋要人，整墙要人，而且各个工种的人数要比例合适，配合完美，就像一架庞大的机器在运转。只见挑泥的人往来穿梭，一担担泥土被倒进夹板，筑墙师傅手持杵槌吭唷有声，将夹板里的泥土捣紧夯实。整墙的工作最有艺术感，先用大拍板将粗墙坯扇打平整，再用小拍板、墙铲细细修补。红壤性黏，富有延展性，在小拍板的拍打下，墙面变得紧实平整，光光亮亮，看起来很舒服。孩子们最盼望的，当然是上梁了。上梁的日子，东家不但要做酒席，还要举办隆重的上梁仪式。当红布（绸）缠身的栋梁被拉上墙脊安装的时候，鞭炮噼里啪啦炸出漫天的红纸屑，师傅们领着大家高声大气地喝着彩，东家则将大把的银毫子（硬币）和硬头米粿从房顶抛撒下来。随着落点的飘移，人潮一会儿往东，一会儿往西，真是热闹、刺激极了。

喝彩是一种说唱艺术，只要听听那歌词就知道很有文化含量：

金斧一动天地开，鲁班先师请进来。东家择个好日子，要做万年大新屋。中山搬树做正梁，劈断天山做屋柱。上得正柱摘月光，跨上正梁上天堂。此梁长得粗又壮，东家大小都健康。此梁长得长又长，东家贵客常来往。此梁修得圆又圆，东家每日揽金元。此梁屋顶安得稳，全村老少都太平。金斧中间放，东家出将相。金斧响到东，文武在朝中。金斧响到西，福寿与天齐。正梁正梁，喜气洋洋！

盖房子作为一项集体劳动，在分田到户的时代，成了极为难得的村民大集会。村民们在艰辛的劳作之余，说说笑笑，扯扯闲话，开些带彩的玩笑。他们不知道，版筑这一项古老的技艺起源于遥远的商代，也没有意识到他们是最后的传承人，更不会知道有个叫傅说的祖师爷曾经被拔擢为国相，在诗文里留下了许许多多的典故。或许，随着老一辈人的相继谢世，再过上一二十年，中央电视台《乡约》栏目要是来村里做一期"版筑"专题，已经凑不齐一套"版筑"的人马了。

山水有灵

梦里仙源，红色圣地

　　站在巨幅中国地形图前，我的目光停留在赣西北大地。这里有幕阜山脉、九岭山脉东西横亘，有连云山脉南北纵贯，山高林密，大河奔流。我知道，这里曾是湘鄂赣革命根据地的主要活动范围，散落着众多的红色遗址。

　　我的目光锁定在平（江）、万（载）、铜（鼓）三角地带，我知道黄金洞、仙源、幽居是载入湘鄂赣革命史册的三个重要地点。近了，近了，在杭长高速张坊出口的东面，308省道的北面，"仙源"二字跃出纸面烧灼着我的眼，滚烫着我的血。这就是我在睡梦里追寻过千百回的红色圣地，湘鄂赣革命根据地的首府，被誉为"小莫斯科"的仙源！

　　200公里，3小时车程，我的红色之旅就这样拉开了帷幕。从昌铜高速转入昌栗高速，从昌栗高速转入308省道，从308省道转入547县道，道路越来越狭窄，越来越崎岖。一路都是陡弯、急弯，即便是我这样驾龄十几年的老司机，也是手忙脚乱。尽管身旁尽是茂林修竹，耳畔常有鸟唱虫鸣，可惜无暇欣赏。在转过一个90度急弯后，一座巍峨的牌楼赫然挺立在山路正前方，上书

"湘鄂赣革命根据地仙源纪念地"。经过牌楼，驶入仙源地界，山路变得平缓，高山平湖的旖旎风光让紧张的心情变得舒缓起来。绿色仙源，国家级生态乡镇，果然是名不虚传！

进入仙源红色旅游景区，随处可见红色指路牌，看到这些在书上才能见到的地名，已经感受到了一种浓郁的革命老区氛围。我们来不及休息，就急匆匆来到湘鄂赣省委旧址。这是一栋5厅12室的土木结构的大屋，建筑面积748平方米，始建于清代咸丰年间，原名"笃庆堂"，为王家宅屋。大屋成"凹"字形布局，分正屋和侧屋，有上下两层，侧屋东面为"山"字形垛子墙。墙是黄泥夯土墙，地是青灰火烧砖，柱是杉木架梁柱：典型的赣西北民居。室内陈设简单而整齐，或是长条会议桌，或是粗木办公桌，或是老式木架床。墙上挂着大幅红旗、湘鄂赣革命根据地领导人的照片、根据地和红军组织系列图，还有斗笠、蓑衣等等。又值赤日炎炎的酷夏正午，整个省委旧址除我们父子二人外再无他人，显得特别寂静肃穆。这特别的寂静肃穆又特别能唤起人内心深处的历史沧桑感，特别能唤醒人血液中的红色基因。好奇的目光轻抚着这一件件展品，凝视着墙上那一双双年轻而充满激情和信仰的眼睛，心中涌起的是无限的崇敬与追思：这是一群怎样执着而勇敢的人啊，为了拯救劳苦大众，为了挽救民族危亡，为了推翻腐朽的反动政府，甘冒牺牲生命的危险，在艰苦恶劣的环境中奋然前行！受到这种氛围的感染，少不更事的儿子也禁不住举起右拳，在鲜艳的红旗下许下自己人生的诺言。

如果说在省委旧址感受到的是一种精神，一种信仰的力量，那么在省苏维埃政府旧址感受到的则是一种筚路蓝缕、白手起家的创业激情。省苏维埃政府旧址就在省委旧址的斜对面，中间隔着仙源街道，大概有几百米的距离。该屋亦建于清代咸丰年间，同属王家宅屋，位于仙源桥头，坐东朝西，由并列相通的两栋房屋组成。南栋有高达10米的封火墙，土木结构，平房，分前后两进，各有12平方米的天井，天井两旁的照枋上还保存着当年书写的标语"列宁之路""马克思路"。全屋共4厅20间房，总面积1010平方米。这个景点的最大特色是，有大量与根据地和红军有关的知识性资料，如全国革命根据地分布态势图，湘鄂赣革命根据地形势示意图，红一、三军团转战湘鄂赣路线示意图，湘鄂赣苏区四次反"围剿"战果统计表等等。尤其值得一提的是，景区重点梳理了湘鄂赣苏区红色金融简史，收集了大量苏区金融货币票证，展示了众多的铸币工具实物。金融是苏区经济的命脉，是稳定苏区经济的定海神针。从苏区金融专栏所展示的资料来看，省苏维埃的决策者和全体工作人员，为了稳定苏区金融，发展苏区经济，保障苏区民生，加强苏区建设，殚精竭虑，多方谋划，以白手起家的创业精神开创了苏区自己的金融事业，这是多么了不起的成就啊！

省委和省苏维埃政府迁入仙源不久就创办了省委机关报《红旗报》。报社旧址在王家祠堂，祠堂坐北朝南，砖木结构，封火墙，青瓦顶，分前、中、后三进，正门大门三道，六内石彻天井，于中建有一亭，亭内八角藻井，雕花彩绘，造型优美，总建筑面积1223平方米。走进报社旧址，不仅可以欣赏到美轮美奂的传统建筑，还可以遥想当年宣传工作者在这里"指点江山，激扬文字，粪土当年万户侯"的战斗风采。

"赣水那边红一角，偏师借重黄公略。"从1932年4月到1934年1月，中共湘鄂赣省委、省苏维埃政府在这里领导、指挥湘赣边区30余县数十万军民进行战斗，牵制了国民党60多个团的兵力，有力地配合了中央苏区的反"围剿"斗争。在中央红军长征以后，湘鄂赣省委和红16师又以大无畏的牺牲精神，以有往无退的悲壮姿态，主动向环伺四周的强敌发起进攻，掩护中央红军突围。可以说，湘鄂赣苏区留给我们的最宝贵精神财富，就是这种顾全大局、勇于自我牺牲的伟大精神。山腰上巍峨雄伟的红军烈士纪念碑就是这种伟大精神的生动诠释和有力见证。

风雨八十五年，弹指一挥间。仙源人民在大力践行习近平总书记"绿水青山就是金山银山"理念的同时，积极探索"红色+乡村旅游"模式，先后投入近2亿元，对基础设施进行升级改造，新建红色旅游商贸街、红军广场，改造升级基础公路，开展旧址维护、改水改厕及周边环境整治。经过保护性开发，中共湘鄂赣省委、省政府、红旗报社、军区指挥部、红五军校五处旧址等被列为"全国重点文物保护单位"。据此创建的湘鄂赣革命红色旅游景区先后被评为"国家ＡＡＡ级旅游景区""全国红色旅游经典景区""国防教育示范基地""江西省百姓喜爱的十大红色旅游景点"。

得偿夙愿的我，衷心祝愿仙源人民在追求美好生活、建设幸福家园的事业中取得更加辉煌的成就！

谒炎陵

是火，是炎，是焱（yàn），是燚（yì），湘东南山陵地带的8月，升腾的是比火球、比烈焰还要滚烫得多的暑气。白炽炽，明晃晃，闪着刀剑的光，暴阳直刺刺砸向地面，像打火石敲在地面，在汗盐浸渍的眼眸里敲出炫幻的金星。火热的暑气阻遏不了火热的激情，虔诚的钦敬里跃动着对中华文明的好奇。

是人，是从，是众，带着朝拜者的虔诚，从地球的另一端，从天涯海角，从五湖四海，会聚到这里。跨过午门，在行礼亭稽首，清心；走进主殿，向一个伟大的灵魂膜拜，致敬。仰望碑亭，巍然矗立；瞻顾墓冢，绿草茵茵。历史不再邈远，传奇就在眼前。

是水，是淶（zhuǐ），是淼，浩浩洋洋，从昆仑之巅，到东海之滨；从洪荒之世，到文明以止。是承载了太多的悲伤，还是眼泪滂沱成河？洣水滥觞，湘江扬波，竟然负荷不起这沉重的棺椁！神龙化为石龙，是该后悔自己的莽撞，还是该庆幸自己永远的追随？

是木，是林，是森，满山满坡，郁郁葱葱，站成兵马俑的姿

.29.

态，护佑着圣陵。没有谁比它们更懂陵墓里的老人，也没有谁比陵墓里的老人更懂它们。构房造屋，制作耒耜，弦木为弧，剡木为矢，削桐为琴，练丝为弦……天知道老人的脑海里隐藏着多少撩人的创意！

是屮（cǎo），是艸（cǎo），是芔（huì），是茻（mǎng），随滩就泽，潜滋暗长，是浪漫活泼的精灵。只要播下一粒小小的种子，就能收获串串沉甸甸的稻穗；只要长成一株直直的麻秆，就能织麻为布冬暖夏凉。熬汤为汁祛除湿热燥邪，吐故纳新自可培本固元。天地涵养万物，皆有效用；神农亲尝百草，以为典范。

这是一场美丽的相遇。土和水的相遇有了粮食，水和木的相遇有了汤药，木和金的相遇有了房屋，金和火的相遇有了斤斧，火和土的相遇有了陶器；人与货的相遇有了集市，人与人的相遇有了友谊与爱情，炎帝与中华的相遇有了灿烂的文明，游客与炎帝陵的相遇有了美好的记忆。

在云髻之巅探测生命高度

　　这是一次远远超乎我意料的艰难旅程，是对生命极限的一次探测与刷新。

　　先前之所以对云髻山充满神往，是因为云髻山是新丰江之源，新丰江是万绿湖之源，而万绿湖又是四千万南粤民众的生命之源。

　　云髻山，原名阿婆髻，因其山顶像阿婆头上的发髻而得名，常年云雾缭绕，故又称云髻。位于广东省北部，新丰县中部，主峰海拔1434.2米。山高坡陡，气势雄伟，"阿婆髻，离天三尺四，人过要低头，马过要离鞍，有人上得去，不当皇帝当神仙"的民谣就是对云髻山的形象写照。清朝状元彭定求的诗《髻岳堆云》更是增添了她的神秘色彩："久闻宁邑一名山，果见崎岖不等闲。云发不梳新样髻，玉容未改旧时颜。月为銮镜霜为粉，霞作胭脂雪作环。想是亚婆千古在，天为罗帐地为毯。"

　　站在新丰县城远远望去，云髻山群峰连绵，如同一堵巨大的城墙，把湛蓝的天空硬生生从西北方截断，不禁令人倒吸一口冷气。鼓起勇气，沿853县道一路向前，向着心目中的神山进发。短短10千米的路程，山路盘旋，七扭八拐，老司机都得小心翼翼。

进入景区之后，展现在我眼前的景象却让我紧悬的心放松下来。山路曲折而舒缓，沿着潺潺的溪流上溯，一会儿逶迤在溪流的左边，一会儿又跳到溪流的右边。虽然已是仲秋，溪水却不甚寒凉，孩子们依然可以在溪水里嬉戏。树阴浓密，细碎的阳光从树缝里漏下来，打在脸上，斑斑驳驳。树叶儿有的已经转红，只是数量还比较稀少，远没到"万山红遍，层林尽染"的时候。谁要是觅得一片，仿佛寻到了稀世珍宝，擎在眼角眉梢，摆出许多撩人的姿态来拍照晒朋友圈。引来惊呼声的，还有不经意闪出的小瀑布，有两叠的，有三叠的，都清丽可人。大家最神往的，当然是落差达128米的"新丰江之源"瀑布。银白的瀑流仿佛从天而降，轻盈地飞泻在崖壁上。中国书法家协会主席沈鹏先生书题的"新丰江之源"五个朱红的大字，也以同样轻盈灵动的姿态从石壁上飘逸而下。观瀑、摄影的最佳地点，要数瀑布正对面小山尖上的"思源亭"——取"饮水思源"之意，提醒广大游客珍惜爱护这生命之源。是啊，谁会忍心破坏这一方净土呢！这一段旅程，轻松而惬意，最适合亲子家庭、热恋情侣周末散心。

当然，如果你不想让你的旅程太过平淡，那么站在"思源亭"矫首昂视时，你一定不会忽略高踞在云髻之巅的狮子岩。远远望去，它就像一头威猛的雄狮蹲守在山顶，好像随时都会俯冲下来。岩体身躯庞大，呈圆锥状，岩面在骄阳的照射下泛着白光。上，或者不上，在心有不甘的游客那里，着实是个艰难的选择。不要说眼前高峻的山峰径自压迫着你，上山需要六七个小时的传言更是摧残着你那点可怜的自信。先前还在鼓噪我登顶的中年男，才走到瀑布上面一点点就铩羽而归。妻子是没有这种豪气的，自觉在瀑布处结营驻守，我和儿子一人拎了一壶水，顺着瀑布右侧的石阶攀登，开启我们的自我挑战之旅。石阶陡逼，山路狭窄，不一会儿工夫，高悬的瀑练就成了脚底的一缕白线。林木变得高大阴森，几乎看不见一点阳光。溪流的伴奏也越来越微弱，微弱到只听见自己粗重的喘息。这是一段寂寞而艰难的旅程，没有风景，只有信念：至少要爬到"一线天"，那个传说中的真正的登山起点。说是起点，一点都不夸张。先前的路，无论再怎么难走，好歹还有路，正经的石阶路；"一线天"以上，尚未开发，纯属荒野丛林。

一对大学生情侣，已经各找了根树枝做拐杖，准备下山。儿子也经受不了攀登之苦，一步一挪往下退。妻子又发来语音，催我往回撤。我将已经湿透的青衫脱下拧干，穿回身上。上，或者不上的问题，再一次跳出来拷问着我。所谓的路，完全是无数双脚踏磨出来的一些印记，只不过比地面原生的状态光亮一些。树密的地方，根系盘曲，一不小心就被绊倒。石多的地方，青苔湿滑，一不留意就会失足。体力已经消耗得差不多了，两腿又酸又胀，只能走一程歇一程。不断地有人从身边超过，也不断地超过一些人。每动一次脚，都想象着终点就在前方不远处。每当你自以为快接近终点时，甚至当你透过枝叶估摸着与狮子岩处在同一水平时，路还在顽强地向上延伸。当看到六旬老太太笑吟吟地登顶返回，看到四五个小朋友手脚并用地往上攀爬，我又不断鼓起勇气继续前行。当丛林逐渐退去，芦苇在寒风中瑟瑟抖动的时候，云髻之巅终于以她伟岸的姿态、优美的脊线出现在我眼前。

一山孤耸，群峰浩瀚，新丰县城已然蜕变为影影绰绰的一片灰白，沮丧地趴伏在遥远的山脚，深圳更是隐没在天际线之外。

一同登顶的，还有另一家四口。男主人是个壮实的中年人，老爹筋骨强健，两个孩子一个读高中一个读初三，都很兴奋。一听说我是从深圳来的，男主人立刻兴奋起来。他告诉我，他是新丰本地人，做化工，数年前从深圳撤出，彷徨一段时间后重新出发，如今终于在新丰县站稳脚跟。

天近黄昏，他还踌躇满怀，在山顶走来走去，爬山成了他的业余爱好。他说，这是一种生命的状态，唯有不断攀登，才能触摸到生命的新高度。我深以为然，以半百之龄登千四之巅，也算是刷新了自己生命的高度。于是，在微信朋友圈写下了这样一句话：登顶何须做证，司马青衫已湿！

在狮象岩，聆听古人类的啸呼

　　走进广州从化吕田狮象岩古人类遗址，纯属意外中的意外，惊喜中的惊喜。

　　清明假期的第三天，原本计划去广州抽水蓄能电站观光的，没想到到了门外却被保安告知，这个3A景区不接待社会游客，无奈只好打道回府。返程中，百无聊赖，隐约想起做攻略时见到有个狮象岩遗址，正好离得不远，便决定去转转。

　　沿105国道北行，往吕田镇政府方向，在加油站附近转入乡道，不过二三公里，就进入了吕田河谷。说到吕田河，一般读者也许还比较陌生，但说起流溪河就都耳熟能详了。大家都知道流溪河森林公园是国家首批十大森林公园，是镶嵌在北回归线上的璀璨明珠。事实上，吕田河是流溪河的主要源头，也是它的第一大支流，集水面积达264.4平方公里，为流溪河水库提供了近60%的入库水量。流溪河水库每年供水量占广州市需水量的70%左右，说吕田河是广州市民的生命河一点都不夸张。据考证，古远的吕田河，河面曾经宽达上千米，可以想见那是何等壮阔的景象啊。如今，随着山河的变迁，河面仅剩数十米宽。河水退出的地方，是河泥淤积成的滩地和平缓的坡地，种上了庄稼，建起了村庄。从水泥乡道向前方望去，只见一马平川，绿意盎然，炊烟袅袅，鸡鸣犬吠，好一派田园风光！

在乡道的左前方，矗立着一座石山。石山高80多米，长300多米。山有两峰，一大一小，从侧面望去，如猛狮，似奔象，再加上山上遍布绿树藤蔓，恍如巨形狮、象身披藤蔓从遥远的时空而来。此山身量虽小，而声名远扬，只缘考古工作者在此区域发现、发掘了大量古人类生活遗存。考古工作者在此清理出25个灰坑、1座墓葬及数十个柱洞，出土了石锛、石镞、石环等各类磨制石器39件，以及可复原的陶罐、陶釜、支座、纺轮等文物50多件。出土的文物中，有做工精细的刮削器、石斧等生产工具，有打磨得很锋利、很精致的石戈、石镞等系列兵器，甚至还有相当于后世手镯的石环等装饰品。石戈呈斧状，尾部有圆孔；石镞呈扁平的三棱状，质轻而尖利。在上层出土的文物中，还有战国时期的水波纹陶缶、汉代的细方格纹陶罐、陶壶和唐代的青釉四耳罐。如果再把范围扩大，还会有更多的历史遗存等待着考古工作者去发现。由此我们可以推想，历来被我们视为蛮荒之地的岭南地区，其实早在7000多年前，就已经有了人类活动。

有了这些考古发现和历史遗存，这座很不起眼的石山在我的眼中变得高大、丰满和鲜活起来。我仿佛看见，在青树翠蔓之后隐藏着无数双机警的眼睛，张开的弓弩上锋利的石镞指向山下的坡地，坡地上奔跑的野猪、麂子应弦而倒。我仿佛听到山林里响起了那些古人兴奋的啸叫和欢呼，他们抑制不住满心的欢喜，用很有节律的号子为部落优秀的射手呐喊助威。我仿佛闻到了随袅袅炊烟而飘散的烤肉的香气。我甚至还可以想象出，在石山内部的溶洞里，女人和孩子们在刮削着根茎粗糙的表皮，用石头搓磨着谷粒。夜幕降临，各处洞口都透出昏黄的光亮，喧哗声中隐隐夹杂着一些打击乐的声音，那一定是他们在聚会，在舞蹈，在奏乐。这是一座石灰岩质的山，内部有很多的溶洞，有的曲折幽深，有的高大宽敞，有的四通八达。借以为秘道，可神出鬼没；据以为宫殿，可聚众议事；隐以为暗室，可蓄财藏兵。这是他们的家园，是他们的堡垒，也是他们的归宿。生于斯，长于斯，乐于斯，劳于斯，葬于斯，这些生命已经深深地融入了这片土地，化作了尘土。

如今，狮象岩的洞窟早已废弃，偶有探险者来此一探究竟。山上长满了杂草树木，成了鸟雀蛇蚁的乐园。石山四周的田畴已经被连片开发，种满了有机瓜果蔬菜。田塍和机耕道上，团团簇簇，是野生的艾草和车前草。艾草留下了被掐过的痕迹，但它的生命力实在太旺盛，新生的丫叶很快又蓬蓬勃勃起来。车前草长出了籽实，叶子已经变得粗硬，医生说没有关系，清热利尿的药效是一样的。清明时节，各地都有采艾草做清明粿的习俗。清明粿，岭南叫艾粄，北方称青团。将新鲜艾草煮烂，拌入糯米粉和粳米粉各半，搓揉成团，以红豆沙或鲜笋猪肉为馅，做成粿饼，香气独特，味道隽永，既健康营养，又能寄托哀思，追宗怀远。

因为年代实在太过久远，我们已经无法厘清石器时代的古人类与现在的百家姓氏之间的承继关系，只能笼统地将之视为我们共同的祖先。在清明假期，流连于这样一座充满远古人类气息的石山，冥想远古生活的种种场景，采艾草、挖车前草，实在是一件从物质到精神都很丰盈的事情。

散章三题

叶子花

三月的风是陈年的老窖，启了封，酱香和醉意就弥散开来。草沾了，醉得发绿；花沾了，醉得酡红；鸟雀沾了，醉得叫声里都带着甜腻。

叶子花酒量太浅，不胜三月风的醺熏，只远远地闻一闻，就从脸醉向了脖子，从脖子醉向了全身。绿油油的叶子啊，任醉意沿着叶脉洇染再洇染，发散再发散，直至把所有的绿都挤出叶面，铺张出一片绚烂的红。

再红，也从来就不是花，花在红的更深处，隐为星星点点的白，白得卑微，白得孱弱，湮没在红的海洋里，无声无息，留下一种错觉，一种诱惑。

象腿树

膨胀，再膨胀，膨胀到无以复加的地步。对"胳膊扭不过大腿"有着谜之自信，自以为有了比大象还粗的腿就可以横行天下。

从来没有想过，光大是不行的，就算没有静脉曲张。等到再也动不了了，只能轻轻地嘘一口气，吐出些羽状的叶子，在天空婆娑着，看起来很美。

不是叹息，而是残存的梦想。有梦想，才有勇气继续活着。活着，才是硬道理。

小琴丝竹（花孝顺竹）

在自媒体时代，起一个好的名字也许比事物本身更重要，比如把竹子叫作琴丝，立刻让人浮想联翩。

在孝顺竹的世界里，孝顺也没有那么复杂，就是摆好自己和长辈的位置。天热了，让父母在外面凉快凉快；天凉了，让父母在里面暖和暖和。知冷知热，是最贴心的孝顺，像贴身的小棉袄，手中的蒲葵扇。

笋是竹的事业，正像孩子是父母的事业。疯长是生命的常态，无论怎样勤快地修剪，笋箭都有办法突破铁剪的重围。与其徒劳地扼杀它的生机，不如还它一片自由的天空。

白花，白花

　　光明的很多地名，充满了朴素的写实意味，比如田寮，大片的水田拥着一些田泥糊墙、稻草苫顶的寮舍，在绿油油的稻海间特别显眼；比如薯田埔，大块的旱地薯藤粗壮，薯叶翻青，迎着阳光疯长。白花则比较另类，既有天地不言的审美趣味，又有追宗怀远的幽邃情思，还有殒身不恤的勇毅精神。

　　白花又叫白花洞，隶属光明街道，是整个光明区最东面的社区。白花的得名，来历有二：一是该村地处山间小盆地，四周山野开遍白色小花，因以为名。二是该村建村先祖系从惠阳白花迁徙而来，以白花为名表示追宗怀远之意。至于"白花洞"之别名，也曾经引发我的兴趣和好奇，难道这里真的有"洞"么？真的以"洞"而得名么？通常的解释是，白花村民系客家人，客家话里"洞""桶"同音，"洞"为"桶"之误，言"桶"是因为群山围合，其势如桶，故得名。

　　作为客家人，"洞""桶"同音我是知道的，白花村也确实群山环绕，形如桶围。但我还是有一些疑惑，在我老家江西，也有许多以洞为名的地方，如白洋洞、九溪洞等，有的与洞有关系，有的与洞没关系。在我的第二故乡粤西云浮，也有许多叫洞的地方，如茶洞、托洞、夏洞等，考诸本地人氏，大多语焉不详，说不清楚这些地名与洞到底有何关系。读沈从文的湘西系列，印象最深的一个地名就是茶峒。茶峒是湘西一个"一脚踏三省"的边界小镇，位于湖南、贵州、重庆交接处。"茶"在苗语中意思是指"汉人"的"汉"，"峒"的意思是指"山中的小块平地"，"茶峒"的意思是"汉人居住的小块平地"。"峒"又是旧时对南方少数民族的泛称，如苗峒、十峒（侗族）、黄峒（壮族）、峒丁（峒人、峒兵）、峒户（峒人人家）等。另外，还有一个"垌"字，意为田地，在很多省份也经常拿来作地名。"洞""峒""垌"三个字，在文化不发达的年代，有相互讹替的可能。平地、田地是农耕生活的基本条件。广东是百越之地，在多民族融合的历史大进程中，中原人携带先进的农耕文明逐步深入广东各地，而原住少数民族则要么汉化，要么向更偏远的地方退守。众多的元素糅合在一起，使得"白花洞"这个地名具有了极其丰富的历史、地理、文化内涵。

我与白花的渊源说来也有点长。2011年从粤西云浮来到深圳之后，我的第一个工作地点就在观澜的大水坑村，与白花仅一山之隔。那时候的工作属于临聘性质，人事关系还在云浮，家眷也还在云浮，需要经常往返云浮与大水坑。自驾车一下龙大高速，就沿观光路经白花到达大水坑。那时候就有一种感觉，觉得在深圳这样一个大都市里，有这么一个村落隐在群山当中，是一件很稀罕的事情。有时候，晚上经过白花，常常看见观光路两边人流涌涌，不知道是富士康的员工租住在白花，还是白花工业区的员工去到更热闹的大水坑玩耍。第二年，我的工作转往光明中学，白花作为光明中学的生源地，自然而然就成了我的家访目的地。我曾经探访过三个学生的家庭，一个是本地家庭，两个是外来务工者家庭。两个外来务工者家庭住在工业区员工宿舍，虽然房间有些局促，但一家人聚在一起，倒也其乐融融。本地居民那一家则住在村里，自建的楼房，很宽敞，女主人大学毕业，能自己辅导孩子的英文，至于是不是来自外省就记得不是很清楚了。毕竟，在深圳，有着太多这样的家庭组合：男方含着金汤匙出生，只需拎着钥匙圈管好自己的产业即可，有些甚至图省事直接扔给"二房东"打理；女方从北方——广东以外的省市过来，嫁入"豪门"，相夫教子。后来，我还去白花修过车，甚至还去白花看过房子。总体的观感，白花就是整个深圳的缩影，急速地由传统村落向制造业聚集区蜕变。

在白花围肚老村，社区工作人员引导着采风团逐一参观老井、古祠、碉楼。整个老村建在一片隆起的山丘之上，白花河自东而北沿着老村默默流过。老村得白花河水泽之利，而避其洪涝之害，可见选址之用心。老井位于老村西北角，紧邻西碉楼，用麻石条围砌而成，呈六边形。井水清冽甘甜，夏季不涨，冬季不涸。三座碉楼居高临下，沿村前直街一字排开，既各司其职，又互相呼应：西碉楼扼守着村街西入口，保护着全村的生命之源——六角老井；中碉楼雄踞街中，策应四方；东碉楼俯瞰白花河，守住村街东入口。碉楼融中西建筑艺术于一体，下部光滑方正呈立柱状，防止匪盗攀爬，利于防守；上部饰有廊柱，建有凸出于墙体的射击孔位，以消除射击死角。祠堂叫"绍岐祖祠"，是古村的灵魂与核心。祠堂大门楹联曰："绍廉汝学；岐凤潮阳。"祖先牌位联曰："凤起岐山鸣圣代；遂开廉水毓文人。""岐山鸣凤"是个典故,《国语》卷一《周语上》:"周之兴也,鸑鷟鸣于岐山。"三国吴之韦昭注:"鸑鷟,凤之别名也。"周姓源出姬。周人始祖农神姬稷本居邰(今陕西武功西南),《诗经·大雅》中的《生民》描述的就是姬稷的诞生和开创农业、建立家业的历史。后古公姬亶父因避祸乱率族人迁居岐山脚下的周原地区(今陕西岐山),建立周国,称周太王。随着周王朝的兴盛,周姓族人开枝散叶,流布四海。在历次人口大迁徙中,周姓人也像中原地区其他大家族一样,拖家带口,向着南方广袤的大地艰难拓进而成为汉民族中的一支重要的民系——客家人。

"客"是相对于"土"而言的,"客"即客家、客族,"土"即土著、土族,这是一种基于来源和地位不同而作的分类,而非民族意义上的分类,因此"客""土"身份不是恒定不变的,而是可以相互转化的,人一旦离开了生他养他的故土而漂泊打拼在异乡,他就自然而然地由"土"变成了"客"。据统计,在历史上,从西晋永康元年"八王之乱"到清咸丰、同治朝的"太平天国运动",客家先民总共经历了五次大迁徙。这种大规模的迁徙,路途遥远,艰险莫测,前途难卜,非世家大族不可,非有强大的凝聚力和开拓冒险精神不可。白花始祖周礼茂公留下三个儿子在惠州白花固守基业,和夫人带着另外四个儿子来到光明白花开创新的家园,是客家先民迁徙创业史的一个缩影。"衣冠南渡","以郡望自矜",重名节、重孝悌、重文教、重信义,客家人所信奉的价值观在周氏"绍岐祖祠"有很鲜明的体现,周氏子弟皆以周国后人为荣,以家学渊源为傲。

创业不易,守成更难,尤其是在内忧外患交相煎迫的动荡之秋，唯有勇毅牺牲精神才能铸就捍卫家园的干城。在参观了白花洞革命烈士纪念园之后，我被白花村村民的勇毅牺牲精神深深震撼。我没有想到，这么一个小小的村庄，居然有这么漫长的革命历史，从第一次国内革命战争时期的农民协会，到抗日战争时期东江纵队的后勤基地，再到解放战争时期阳台山革命根据地的组成部分，她的贡献和地位是这么重要。我没有想到，这么一群善良朴实的村民，居然这么勇敢顽强，先后参与反"填空格围剿"斗争、昂趔坪战斗、金竹园突围、大坑隆战斗，周来友、徐马连、谢马春、刘新友等白花子弟慷慨捐躯。我没有想到，在经济化、市场化的浪潮中，白花村的村民居然会有这么强烈的红色情怀，自己捐资修建"白花洞革命烈士纪念碑"，后来又在街道和区两级支持下将园区扩建升格为占地一万平方米、由一轴四区构成的现代化红色教育基地。这种勇毅牺牲精神，在战争时期是保家卫国的钢铁长城，在和平年代是开拓奋进的精神动力。今日之白花，能够克服政策、资金、土地资源、生产条件、就业和社会保障等方面的困难，以"杀出一条血路"的勇气和魄力，转变经济发展模式，实现集体经济的多元化发展，就是这种精神的体现。

　　有花的地方就有蝴蝶，有蝴蝶的地方就有浪漫的想象。白花，白花，当漫山遍野的白花随风摇曳、无数的彩蝶翩翩起舞的时候，那一定会是她最美丽的时刻。

白云深处，靖安人家

有一种风景，叫"白云深处，靖安人家"。

有一种生活，叫亲山，亲水，亲农；避暑，康养，农家乐。

有一种户外运动，叫爬五枚山，登九岭尖，走山脊线，赏万亩高山草甸，白天数风车，夜晚数星星。

这里是靖安中源，距离省会城市南昌仅114千米，平均海拔655米。这是一处狭长的山间小盆地，地处九岭山脉腹地，四周群山环列。这里年平均气温14℃—16℃，在炎热的七八月份也仅有22℃—26℃。这里森林覆盖率达90%以上，负氧离子含量达每立方厘米10万个，空气清新，是天然的洗肺场。这里景色优美，民风淳朴，基础设施完备，是理想的康养、避暑、乡村旅游目的地。

沿省道S223线翻越奉（新）靖（安）分水坳，一座古香古色的牌楼就矗立在眼前，走过牌楼就进入了江西省AAAA级乡村旅游目的地靖安中源。

此刻，正是盛夏，放眼望去，只见满山满谷的绿带着阵阵凉意向你逼来。铺满谷底小盆地的绿，是正在拔节生长的水稻，油油的稻浪随风律动，像优美的音符从琴键上掠过。说是小盆地，其实并不平展，田还是梯田，高高低低、大大小小的，这便使稻浪的律动有了些兜兜转转、平平仄仄的韵味。盆地的栽种，也不全部是水稻，还有东一篱、西一架的瓜果菜蔬。圆圆滚滚的南瓜藏在叶底，苗苗条条的丝瓜挂在架上，大大咧咧的冬瓜选择了躺平，晃晃悠悠的葫芦瓜玩起了杂耍。玉米棒子包得很紧实，细嫩的须须挂在嘴唇上可以演大戏。高粱秆子高高瘦瘦的，不仔细辨认就差点儿当成了甘蔗。辣椒小小巧巧的，椒角稍稍翘起，很骄傲的样子。茄子最老实，受了委屈顶多嘟着个嘴，断不敢吭一声。花蝴蝶在随风起舞，红蜻蜓在低空悬停，小麻雀在枝叶间穿梭，肥胖的菜虫在叶面蠕动，还有黑黑的蚂蚁在地上排队。

对于城里的孩子来说，田园生活是如此新奇，而斗折蛇行的田间栈道可以把孩子们送到他们感兴趣的角落，充分满足他们的好奇心。玩累了，直起身，抬望眼，万山盈翠，瀑流悬挂，又是一种别样的抚慰。亲水是夏天的必备项目。从大山里下来的水，带着山林特有的阴凉和草木的气息，汇聚到盆地中间的河道上。戏水区设在河道的宽阔处，筑有一道五级石阶的挡水坝。石坝之内，碧水倒映着蓝天白云；石坝之外，漫流跌撞出雪白的水花。飞花溅玉的五级石阶，每一级都是摆造型大秀台。情侣档、家庭组、亲友团、同学帮、团建队，各有各的组合，各有各的嗨点。手搭着肩，脚并着脚，摆出各种阵势和造型，有喊茄子的、有喊田七的、有问黑不黑的、有问美不美的。摄影方式也是千奇百怪，有自拍的、有互拍的、有偷拍的、有正儿八经拍的、有使用神器的、有聘用专业师傅的。这是网红打卡地，戏水纳凉只是一个方面，到此一游的最佳证明就是"有图有真相"。嬉闹之间，未免有那不走心的，脚下一滑就成"落汤鸡"，惹得众人哈哈大笑。坝下的浅水沙滩，是孩子们玩沙子、捞鱼虾、抓螃蟹的好地方。干净的河沙是很好的"建筑材料"，可以随心所欲地堆出想要的形状。鱼是全身无鳞的黄鳅鱼，滑溜滑溜的，神情很警觉的样子。螃蟹最喜欢躲在石头底下，轻轻挪开石头，趁它眨巴着眼睛还没有回过神来，一巴掌扑下去团团捏紧。不然，等它惊觉，举起两个大钳子，你就只能眼睁睁看它逃离。戏水区还有石拱桥、凉亭、古树、栈桥、断崖等景致。

夜宿白沙坪是一种奇妙的体验。白沙坪位于中源西面垭口，是靖安和修水交界的地方。从修水大山里汇来的水汽、云雾全部奔涌到这个狭窄的垭口，使得白沙坪长年云蒸霞蔚、雨水充沛。夜幕降临之后，月亮偷偷地从山脊后爬上来，洒下满地的银辉。白日里乳白色的流岚、雾霭，一到夜晚，仿佛也被染黑了，一阵一阵从月亮底下飘过，使月色变得斑驳起来。坐在白沙坪度假村的小广场上，听溪流浅唱、夏蝉弱鸣，无蚊蝇之滋扰，唯凉气之沁人。这里平均海拔已上升到1200米，气温比下面的小盆地又低了好几度，冰凉的山溪水可以直接用来冰镇西瓜。房间里不仅不需要空调，不盖上被子的话晚上一定会被冻醒。住在这里就已经不是避暑的问题了，而是接近于修仙了。仙，在现实世界里是不存在的，而寒婆这样的具有菩萨心肠的人，就是现实世界里的活神仙。这个垭口在古代是沟通中原与南方的交通要道，朝廷在此设有"钞关"，年征收过往客商的税银三十多万两。关山难越，旅途颠沛，难免头疼脑热，寒婆在这里布茶施粥，赠药送鞋，嘘寒问暖，于过路客商而言，不啻神仙下凡，传来传去，就真的变成了神仙。不过，这位女神仙非常接地气，供奉她的庙宇就在垭口，边上就是她的坟墓。来瞻仰寒婆坟的游客，都自觉地为她的坟头添几块石头，在她的坟前添几炷香。

对于驴友们来说，五枚山、九岭尖才是他们真正的天堂。白沙坪距离五枚山仅有5千米左右，有公路通向山顶，是登顶五枚山的最佳补给基地。从海拔1715米的五枚山到海拔1794米的九岭尖，35千米的山脊线，万亩高山草甸，美景四季轮回。徒步、赏景、露营、数星星、观云海、看日出、数风车……心情要多美就有多美！

在中源，集镇和村落早已不是人们老观念中的样子，而是按照景区化、园林化、别墅化的要求重新进行了规划、改建、整修，镇街美观整洁，村落干净漂亮，一幢幢小洋楼错落有致地分布在绿畴碧浪之中。整个中源避暑小镇拥有民宿500多家，床位2万多张，年接待游客110多万人次。

这一切，得益于靖安良好的生态环境，得益于全县人民超前的生态保护意识，得益于当地党委、政府的科学规划和深度支持！

茅洲河从诗词里流过

茅洲河静静地从光明流过，流过每一个光明人的心头，以不同的姿态和意象，一天又一天，一年又一年。

我最近常常和儿子一起沿着茅洲河散步。我们俩选定某个河段，一走就是大半天。茅洲河太长了，从发源地到入海口，很难在一天之内走完。对于我这样一个多愁善感的人来说，与其走马观花，浮光掠影，不如徐徐而行，慢慢品味。

我始终觉得，在深圳这样一座寸土寸金的城市，能够最大限度地包容茅洲河的狂野之性和庞大身躯，实在是一个奇迹。现在很多地方的城市建设，太过注重空间利益的掠夺，太过注重外表的华丽光鲜，人设气味太浓厚，反而损伤了河流、湖泊、池沼等自然景域的天然美，削减了其对市民心灵的抚慰作用。茅洲河的修复和改造则不一样，遵循了一条"返璞归真"的生态化思路，在清污、截污、治污，修复茅洲河生态功能的基础上，一切的便利化、景观化建设都以不侵蚀自然生态为原则，一切都是为着茅洲河更从容、更野性、更大气地从城区流过。亲近茅洲河，就仿佛走出了喧嚣的城市，远离了工业文明，走进了纯粹的大自然的怀抱。人们可以如释重负地卸下快节奏城市生活带来的种种倦怠，尽情地舒张自己的天性，品味大自然的诗意与美好。

这样的茅洲河才是我所向往的诗意之河，似乎她早已在我的生命里流淌了千百年，以美丽的神话传说为基因，滥觞于遥远的《诗经》《楚辞》，流过《古诗十九首》，流过唐诗、宋词、元曲……交汇成一句句优美的现代诗行。

茅洲河发端于阳台山，这本身就是一个很有文学意趣的隐喻。这座海拔仅587米的山在命名上走过了雅、俗两条路线：明代方志标记为阳台山，是为雅；民间口语相传为羊台山（或羊蹄山），是为俗。在中国语文里，"阳台"是个历史久远、含义丰富的词。它不仅具有"阳光普照的高台"的地理意义，还是一个与女神、爱情、生命、丰收有关的文化典故。战国时期的宋玉在《高唐赋》中写道，楚怀王夜梦巫山神女，神女自荐枕席，男女交欢，神女临别时自称"妾在巫山之阳，高丘之阻，旦为朝云，暮为行雨。朝朝暮暮，阳台之下"。这大概就是"阳台云雨"这个典故的来历了。不管阳台山命名与这个典故有没有关系，都因"阳台"这个古老的词汇而具有了特别厚重的文化意蕴。

茅洲河从阳台山向着光明一路逶迤而来，沿途不断接纳域内支流，水量越来越大，河岸越来越宽，河流生命形态越来越丰富，让人不觉吟味起《诗经》里的《河广》和《古诗十九首》里的《迢迢牵牛星》。《河广》诗云："谁谓河广？一苇杭之。谁谓宋远？跂予望之。谁谓河广？曾不容刀，谁谓宋远？曾不崇朝。"《迢迢牵牛星》诗云："迢迢牵牛星，皎皎河汉女。纤纤擢素手，札札弄机杼。终日不成章，泣涕零如雨。河汉清且浅，相去复几许？盈盈一水间，脉脉不得语。"两诗对照着来读，以"河"之宽广，居然"一苇可杭"而不觉其远；以"河汉"之"相去几许"，居然而至于"脉脉不得语"，不免令人感慨系之。宽与窄，远与近，通与隔，彼与此，客与主，视境遇与情绪的不同，从来就不是一成不变的。作为一座移民城市，深圳有无数"漂"着的人，是为"深漂族"。"漂"是一种极不安定的生活状态，意味着远离故土，远离亲人，没有固定的住所和持久的收入，缺乏稳定的朋友圈，爱情成为奢侈品。踟蹰于茅洲河畔，心中涌起的，只怕就是这种种难以言说的滋味吧。

　　"来了就是深圳人"是口号，是抚慰，是温暖，也是一种"既来之，则安之"的态度宣示。既然选择了做一个"深漂"，就要以主动的姿态，赶超奔跑，无论事业还是爱情。追而求之，求而得之，抑或求之不得，都是生活的常态，而最难熬、最伤神、最具有诱惑力的就是那种"可望而不可即"的过程与境界。"蒹葭苍苍，白露为霜。所谓伊人，在水一方。溯洄从之，道阻且长。溯游从之，宛在水中央。蒹葭萋萋，白露未晞。所谓伊人，在水之湄。溯洄从之，道阻且跻。溯游从之，宛在水中坻。蒹葭采采，白露未已。所谓伊人，在水之涘。溯洄从之，道阻且右。溯游从之，宛在水中沚。"（《诗经·蒹葭》）蒹葭，亦即芦苇。解诗者说，芦苇是飘零之物，随风而荡却止于其根，若飘若止，若有若无，与思绪无限恍惚飘摇而牵挂于情的状态极为相似。如此说来，诗里的蒹葭既是情绪、情感的衬托，又是情绪、情感本身的隐喻。茅洲河的"蒹葭"不是芦苇，而是象草，比一般的芦苇更粗壮，更高大，更有视觉的冲击力和情感的穿透力。

　　茅洲河的野性和诗意还体现在河中大大小小、形态各异的沙洲上。如果说水是河流的灵魂的话，那么沙洲就是她美丽的容颜了。试想，如果河流只有流水而没有沙洲，灵魂失去了肉体的依托，该是何等的抽象和呆板啊！换个角度来说，水质再好，河面再水平如镜，再波光粼粼，也只不过是为大自然这位杰出的画师提供了一块好的画布，而绝对不是画作本身。真正的画作是沙洲，这是大自然的鬼斧神工在画布上涂抹的奇妙色块，它们把规整的河面分割、撕扯成不规则的条条、带带，分分合合，交错纠缠，浑然一幅经典的意象派绘画。沙洲是生命的新载体，有了沙洲，就会有花花草草、虫虫鸟鸟，就会有四季的变迁、生命的轮回，就会有各种各样的生命奇观。"关关雎鸠，在河之洲。窈窕淑女，君子好逑。"这是《诗经》里的沙洲。"梳洗罢，独倚望江楼。过尽千帆皆不是，斜晖脉脉水悠悠。肠断白蘋洲。"这是温庭筠笔下的沙洲。"三山半落青天外，二水中分白鹭洲。总为浮云能蔽日，长安不见使人愁。"这是李白笔下的沙洲。那么，茅洲河的沙洲属于谁呢？属于你，属于我，属于每一个热爱她的人，属于每一个有诗情的人。

在茅洲河两岸的护坡上，会适当地人工种植一些观赏性的花草树木，不多，随缘。比较普遍的是草皮、狼尾草，还有玉蝉花、紫娇花、马利筋、硬骨凌霄、黄槐决明、黄花夹竹桃、鸡蛋花、淡红风铃木等。在屈原的辞赋世界里，"香草美人"皆有所寄托和比附，如"扈江离与辟芷兮，纫秋兰以为佩"，如"朝搴阰之木兰兮，夕揽中洲之宿莽"。我们或许没有这么高深的境界，但在茅洲河的植物大观园里，依然可以"多识草木鸟兽之名"，还可以利用智能手机上的学习工具，借花学诗，一花一诗。比如黄花夹竹桃，有宋代沈与求的《夹竹桃花》诗："摇摇儿女花，挺挺君子操。一见适相逢，绸缪结深好。妾容似桃萼，郎心如竹枝。桃花有时谢，竹枝无时衰。春园灼灼自颜色，愿言岁晚长相随。"沈诗用拟人手法，歌颂夫妻之间长相厮守、白头偕老的坚贞不渝的爱情。黄槐决明，有杜甫的《秋雨叹》："雨中百草秋烂死，阶下决明颜色鲜。著叶满枝翠羽盖，开花无数黄金钱。"硬骨凌霄，有贾昌朝的《咏凌霄花》："披云似有凌霄志，向日宁无捧日心。珍重青松好依托，直从平地起千寻。"花与诗，似乎一对孪生姐妹，有花皆宜诗，有诗亦有花。

这样的茅洲河你是不舍得放她走的！怎么会舍得呢！可是，她终究是要一路向西，流向入海口，流进伶仃洋的，那里才是她的归宿。目送着她在斜阳的映照下，款款地融入伶仃洋的怀抱，在你耳畔响起的，一定是秦观的《踏莎行·郴州旅舍》："雾失楼台，月迷津渡，桃源望断无寻处。可堪孤馆闭春寒，杜鹃声里斜阳暮。　　驿寄梅花，鱼传尺素，砌成此恨无重数。郴江幸自绕郴山，为谁流下潇湘去？"

逝者如斯，茅洲河水可以远逝，但她的精魄会永远留在光明人的心里。在深圳最接地气的本土报纸《宝安日报》的《宝安文学》周刊、《龙华文艺》《光明文艺》等文艺副刊里，在大大小小的文学内刊里，隔三岔五就能读到关于茅洲河的篇章。诗、词、歌、赋，现代诗、散文诗、散文，体裁多样，内容丰富，常写常新。

茅洲河就这样静静地流淌在诗词里，流淌在光明人的心头，把自己流成了一部光华璀璨的诗歌史。

杨村三题

其一　太平桥

只需一帧剪影，美的意象就烙印在记忆深处，时时叩击律动的心弦。颤音，回响，流转，是来自远方的呼唤。

青绿的山水，黑白的瓦桥，用黑白勾连青绿，奔涌的生命洪流，戛然而止，又悄然复活，是凝视，是惊叹，是折服，是回味。

三个圆孔加层层挑起的檐角，构成全部的艺术造型。品字结构稳重，厚实；圆弧造型通透，轻盈：对立而又统一，矛盾而又和谐。

美得纯粹，美得简洁，美得干脆，美得透亮，舍弃一切内容，舍弃一切修饰，只留下美的形式，美的法则。

静待一江彩霞流过，将一纸素描渲染成油画。

其二　燕翼围

"诒厥孙谋，以燕翼子"，诗的种子，从《诗经》里飘来，散落在杨村圩，长出诗一样的围屋。

凿石为条，封火为砖，粉蕨为墙，一圈又一圈，复沓再复沓，重章叠句，一唱三叹，以气势磅礴的高音唱出一个家族厚重的梦想。

一百三十六间房，收纳着赖氏家族的烟火故事；五十八个枪眼，打量着赣南大地的风雨沧桑；高高低低的红灯笼点亮，我听到了风、雅、颂的余韵流响。

窄窄的三重门，防备的不只是水、火、盗，还有背叛与阴谋；隐蔽的水旱井，保障的不只是吃、喝、行，还有荣誉与尊严。

方块字在匾额里嬗变，是比兴手法的复活，表达着对围屋夫妇的美好祝愿。

祭祖先祭仆，是报恩的泉水，汩汩不绝，流传成永恒的佳话。

其三　乌石围

用故事堆砌围屋，用围屋盛放故事。走进乌石围，就是翻开一本线装的故事会。

"伐木丁丁，鸟鸣嘤嘤。"放排佬的号子从赣南漂向赣北，从鄱阳湖漂向长江口。赣南的土财主，征服金陵的真王爷，靠的不只是上等木材，还有赣南人的戆直忠义。

兴风作浪的恶龟，化身护家镇宅的乌石，从乌石里飞出光灿灿的金鸭子，桐油石灰封藏着神话般的秘密。

倒放的梁柱，倾覆的是世道人心；晒干的鸭肫，浓缩的是厚谊深情。斧背轻敲，橐橐有声，是悔恨，是祈祷，是良心发现？

仰头细数翘角，有狮子，有大象，有卷草，有花卉，高雅祥和，福泽绵长；低头触摸石纹，是铜钱，是八卦，是草辫，是人字，富贵平安，代代相传。

拈一尾狼毫，点一粒胎记，一部家族史从此蓬蓬勃勃。

山灵水通意空蒙

灵通山这样的地方，适合微微湿润的季节来游玩。

"闽南第一山"灵通山在福建省平和县大溪镇，山上有灵通寺，号称"中国南方最美悬空寺"。

5月最好。天地间已备好上等的水墨和颜料，在大自然的画纸上，随时、随意、挥毫，中国画或西洋画。

车入大溪，右手边天空已然挂起一幅古意山水。在这山水图里，山是山，峰是峰，二者是区分得很清楚的。在高高的大山之上，矗立着七座石峰。山是青山，绿意盎然；峰是赭峰，威势凛然；云是乌云，神色黯然；雾是白雾，姿态翩然：西洋的笔法，东土的意境，居然没有丝毫违和感。

雾是灵通山的精灵。她不像小东江的雾，小东江的雾是浓得化不开的奶，太沉重，太静默。也不像黄山的雾，黄山的雾是浩荡的海，漫上山，就让人无处逃逸。灵通山两峰夹峙所形成的斜谷，仿佛就是《西游记》里大鹏雕的阴阳二气瓶。从山脚漫来雾气，受了法力的驱使，源源不断地往斜谷涌来。这些小精灵大小不一，形状各异——成团，成片，成朵，成缕。无论先前如何气定神闲，如何雅致矜持，此刻都中了爱情的蛊，失了定力，变得晃晃悠悠，袅袅婷婷，搔首踟蹰，琵琶半遮，倚门回首，欲推还就，被月老的红绳缚了身子，不自觉地挨向斜谷。斜谷通天，法力无边。乱了分寸的雾精灵，一去斜谷就彻底丧失了思维，汇成股股乱流，嗖嗖地蹿升天国。

瀑是灵通山的魂魄。她没有黄果树瀑布的震天撼地，气势磅礴；没有壶口瀑布的万马奔腾，鞺鞺鞳鞳；也没有白水寨瀑布的云天直下，飞泻九重。她游走在有和无、连和断、瀑和雾的边缘。似珠帘，似白练，似银链，似飞花，似轻烟。来得倏忽，去得杳然。花非花，雾非雾，来如春梦几多时，去似朝云无觅处。她有一个诗意的名字，叫作"珠帘化雨"。她有一个美丽的传说，如果有谁接住了水滴，来年就可以高中状元。灵通寺建于灵通山主峰擎天峰的悬崖绝壁上，巧妙利用了绝壁上的天然洞穴，上面有突出的巨石覆盖。从擎天峰裂隙沟缝里淌出来的大大小小的泉流，来到此处，凌空飘洒，飞花溅玉，如珠似线，形成"珠帘化雨"的旷世奇观。

在这样的环境下，灵通寺一如它的名字，不需要皇家寺院的浓墨重彩、富丽堂皇，也不需要禅林重刹的庄重端严、规制整肃。它必须是轻盈的，灵巧的，通透的，秀气的。就像在寂寥又寂寥的雨巷，一柄油纸伞下裹着旗袍的江南女子。它不是殿宇，不是宅院，而是亭台楼阁，悬于峭壁之上，隐于云雾之中。在这种如仙似幻的环境中修行，再愚钝的人也是会开悟的。

黄道周先生是读得懂灵通山的，只轻轻拈出"灵应感通"四个字，就揭开了它隐藏了一亿三千万年的奥秘。至于所谓七峰五岩十寺十八景，新八景，天然大佛，种种传说，诸般美食，皆属锦上添花。

有花如仪尽少年

罗田森林公园不是一个适合赏花的地方。花少，品种单一，只在公园入口处有几行月季，月亮湖边上有几棵黄花风铃木，外加一个小玫瑰园。

只要你的体力足够，这公园倒真是个徒步的好地方，路接路，圈套圈，随便从一个路口扎进去，你就可以上山下岭、左旋右转、无穷无尽地走下去。

不必担心迷路，路都是硬底化的观景路，没刷绿漆的可以行车，通行的都是公园管理处的电瓶车、作业车；刷了绿漆的只能步行。每到一个路口，都有指示牌和全域地图指示你现在所处的位置，指引你前往要去的地方。想走，只要你没到过的地方你尽可以去；想撤，随便瞄准一个出口就可以离开。

走在这样的山野，除了树还是树，除了草还是草，单调是免不了的。好在来这里的人，本来就是为了洗肺和出汗，并不奢望看到多少景观。

在这样的心境下，当一树繁花笑意盈盈、毫不经意地闪身到我眼前的时候，还是把我吓了一大跳。这棵花树有十几米高，隐在其他树的身后。树上的花开得实在是太多太盛了，密密麻麻的，似乎这些白白紫紫、大大小小的花朵儿，已经被禁闭得太久太久，一打开牢笼便迫不及待地往外蹿。或许，那些绿叶就是羁縻它们的牢笼，就是看管它们的狱卒，一旦挣脱了，就跳得高高的，躲得远远的。倒霉的狱卒们呢，只能吹着口哨，摊着双手，无可奈何地看着这群逃犯肆意地闹腾。别的那些树，那些枝枝叶叶，此刻也全成了碍事的角色。逃犯们蜂拥而上，你踏着我的膝盖，我踩着你的肩膀，或者干脆搭起人梯，翻墙越脊，鱼贯而出。这真是一场灾难性的大骚乱，也不知道持续了几天几夜。高危动作加上人践马踏的，死难者众多，地面密密匝匝的全是殒落的花瓣儿，有的光艳新鲜，有的黯然腐败。回看树上，花朵从数量上看丝毫没有减少的迹象，从士气上看全然没有疲软之态。

　　花树离路还有些距离，不能近看。好在智能手机可以调焦放大，把花拉近了看。当我撑开两指，把镜头一寸一寸放大的时候，我明显感觉到了自己的冷血和残酷，硬生生地把一朵个体的花从群体里割裂出来，我甚至都可以听得到它很不情愿地近乎绝望地尖叫。人是需要安全感和归属感的，花也一样。满树满眼的白白紫紫，拉近到眼前，完全没有了群体作乱时的疯狂劲儿，有的只是孤孤单单的落寞与胆怯。我的手一抖，两个指头一松，镜头又弹缩回去了，我似乎听到花丛里传来的哄笑。我气急败坏地把一朵一朵的花拉出来，就像把时间一段一段地切片，固定在玻璃片上。嫩绿的花瓣，洁白的花瓣，紫红的花瓣，不同的生命阶段，不同的生命形态，此刻，全都静止下来，固化为冰冷的标本，供我细细打量。还有那些花苞，裂片，萼管，花药，子房，等等。我不得不承认，这确实都是些唇红齿白的人间尤物。

青春年少，根本不需要涂脂抹粉，自然散发着淡淡体香。"形色"告诉我，这种花叫短萼仪花。据说，这种花平时也会有淡淡的香味——墨香味儿，雨后则发出浓烈刺鼻的气味。墨香味儿是一种可疑的味道。"翰墨飘香"是文化人自恋的说法，根据我小时候练毛笔字的经验，墨水常常发出一种难闻的酸臭味儿。今天不算"平时"，天下着毛毛细雨，池塘水面被敲出一圈圈的细纹，伞面也能听见细碎的叩击声。我没有闻到淡淡的香味，只闻到一股恶浊的味道。怪不得有人把这种树叫作"臭脚树"。这是短萼仪花的生物特征：平时言笑晏晏，幽香淡淡，偶尔也恶作剧狠狠恶心你一下。想起短萼仪花的花语：等待。等待什么呢？也许是成长，也许是收获，但肯定不是"晓看天色暮看云，行也思君，坐也思君"的刻骨铭心。

我悻悻然发现，我所有莫名其妙的嫉妒和恶作剧心理都是缘于我对时间流逝、青春不再的毫无意义的挣扎与抗拒。我想，现在是时候给自己做一次心理辅导了，题目就叫作"有花如仪尽少年"。

人间冷暖

丁香蛋囊

在我的旧信札里，藏着一个丁香蛋囊。蛋囊用白色丝线钩织而成，结着美丽的花纹，带着淡淡的馨香，像一束晒干了的白雪丁香，静静地躺在发黄的信页中。

端午节是个传统节日。老一辈人说的"一年三节"，指的就是"过年""端午""中秋"，是咱中国人最重要的三个节日。按照老规矩，这三大节日亲友之间是要互相走动看望的。亲戚亲戚，不走是不亲的。又有所谓"一代亲，二代表，三代了"的说法，意思是时间与代差会将亲朋之谊渐次消解。因此，逢年过节，得趁着身体尚好，亲谊尚在，多多带上节令礼品走亲访友，畅叙欢情。

对于小孩子来说，第一惦记的，自然是年节的各色美食。碱水粽子是少不了的。褪去粽叶，莹润光洁的粽身溢出阵阵清香。用筷子扎进去，擎着，在糖碟里滚几滚，粽身沾满了晶亮的白糖粒儿，散发着诱人的光芒。伸出舌尖儿，在粽角轻轻触碰，热气还没有散尽，甜沁沁的感觉就已经在整个口腔弥漫。一边呵着气，一边快速地来回转动，等待着合适的时机吞咽下去。一不小心，那滚烫的一团噎在喉间，可就麻烦大了。大蒜子不去皮，原样儿绑成一束一束，放进大锅里煮。也不用油盐酱醋，就清水煮熟。捏住蒜瓣，轻轻一挤，绵软香辣的蒜肉就滑进嘴里，把浸润在甜腻粽味中的味蕾又刺激得鲜活张扬起来。

在物质生活并不丰裕的年代，咸鸭蛋是端午美食中的奢侈品。为了给这高端美食增添喜庆色彩，大人们会耐心地将煮熟的咸鸭蛋点上朱砂红。小孩子眼巴巴地盯着大人们手中的红鸭蛋，脑袋一颗颗凑上前来。童心大发的大人们伸手一点，在孩子们光光的额头上点上一颗朱砂痣，像极了神话故事里的善财童子。好不容易到手的红鸭蛋是万万不舍得立刻吃掉的，得用一个漂亮的蛋囊装着挂在胸前，走东家，串西家，大家互相炫耀比美。炫够了，玩够了，才小心翼翼地敲破蛋壳，一点点地抿，一点点地尝，把美好的味觉享受一点点拉长。

蛋囊虽小，却不是每家孩子都能享受这种福利。钩织蛋囊要精细的女红，得家里女孩儿多，且有做精细女红的家庭传统才行。我家五个大头男丁，母亲做农活都忙不过来，哪有闲工夫钩织蛋囊呢！看着别人家孩子脖子上吊着漂亮的蛋囊，心里别提有多痒痒！

藏在信笺里的那个丁香花一样的丝线蛋囊是一个女孩儿送的，夹在她写给我的信里。像所有只有开头没有结尾的故事一样，这个丁香蛋囊永远地躺进了发黄的信页里，成为端午节一个唯美的记忆。

东哥，东哥

　　东哥是我2011年到深圳后教的第一拨学生中的一个。我只教过他一年，今时今日我们的师生情谊已经延续了近九年。

　　"七一"是我的生日，亦是党的生日。零点刚过八分钟，就收到了东哥微信发来的生日祝福。东哥的语气一如既往地亲切、调皮："廖兄生日快乐咯，又长大一岁咯！给你挑了两瓶酒，今天可能到不了。过两天到了，希望你尝尝，虽然你也不该喝酒。哈哈！"

　　这是我第九个年头收到东哥的生日祝福。我这个年过半百的老小孩，也禁不住心潮澎湃，感慨万千："惭愧，惭愧，劳我东哥如此记挂！人生虽苦短，得一友如东哥者又该是何等幸福、幸运！"内人涂老师闻讯，面有赧色，喃喃道："比我这做老婆的都要体贴！"一大早，轻易不就家事发朋友圈的涂老师，发出了一条感慨："生活的美好，都藏在这些细碎小事中，它流淌在我们生活的每个瞬间，让我们心生温暖。这里，我得为我们的俊东同学点个赞！十年如一日，每年今朝，先生都会收到他的祝福。大冬天的，我这个懒人都不愿逛街，俊东还主动陪他去香港一日游。人帅脾气好，暖男一枚，有生如此，夫复何求，简直完美！"

还记得，刚到深圳的时候，正是秋季。一个人拖着行李箱，别妻离子，从遥远的粤西来到喧闹繁华的深圳。繁忙的工作，陌生的环境，复杂的人事，单调的生活，无处不在的压力，疲惫和落寞总是不经意地写在脸上。彼时的东哥，虽然只是一个高中二年级的学生，却已经懂得成人世界的不易。课余时常与我聊天，小心地探问我如何能舍弃家庭的温暖独自来闯深圳。在人地生疏的他乡，有这样一位知冷知热的小哥陪着聊聊天，谈谈心，磨合期的种种不适和彷徨也慢慢消释。接手别人的班级，总难免有些老大难的问题，况且高中的孩子思想渐趋成熟，凡事都有自己的计较，不大容易放弃自己的主张，幸亏有东哥这个班长协助、调和，使班级工作逐渐走向正轨，学习和班风都有了明显好转。转岗以后，不再教他们班，东哥还特地制作了一块留言板，把同学们告别的温馨话语送到我的新办公桌前。

一年以后，我转调另一所学校，很快编制又入到了现在所在的单位。东哥高中毕业考入深圳大学，完成深圳大学的专业学习之后，又通过自己的勤奋攻读拿下了司法从业资格证书，成为一名年轻的律师。我们见面的机会极少，但彼此都能从微信朋友圈里了解到对方的工作和生活动态，也经常通过微信交流生活感悟。有一年，我想去香港购物，东哥怕我不熟悉，有什么闪失，特地约好时间，陪我去香港。在狭窄繁华的香港街头，东哥总是时时护在我的外侧，生怕我被疾驰的汽车、步履匆匆的行人撞到。购买的大包小包的东西，东哥也总是大部分往自己肩头扛。其实，我人到中年，身体也还强壮，暂时还不需要享受这种老年待遇，可在挺拔帅气的东哥眼里，我就是他的保护对象。

东哥总说要请我喝酒，在深圳大学读书的时候就开始说，有时候我去深圳大学上继续教育课程又因为这样那样的缘故未能聚成。那次在香港，即便一起共进了早餐和午餐，因为带了任务，也无法悠闲品酒。我以为同在深圳，喝酒的机会总是有的，不是个什么大不了的事。可东哥不，他总在为践诺之事耿耿于怀。后来，他到垦丁旅游，看到垦丁的米酒酒色清亮，酒味香醇，不远千里帮我捎回两樽，快递到我单位。这么"贵重"的酒，我是不舍得轻易喝掉的，等到和老乡、朋友聚会的时候才恋恋不舍地拿出来给大家品尝。可是，在酒局上，我进进出出忙着招呼客人，给客人劝酒，珍贵的米酒我居然一滴都没有尝到！东哥来信息问我米酒味道如何，我支支吾吾，颇有些辜负他一番美意的愧疚，赶紧问内人的饮后感，估摸着回复东哥。幸而东哥也没有细究，我长出了一口气，心上的石头落了地。

古人说："投之以木桃，报之以琼瑶。"回顾这绵长的师生情谊，东哥始终执弟子礼，十年如一日，投之以我的甚丰甚厚；而我呢，作为老师，报之以他的却甚少甚微。虽则愧疚于心，但做老师的信念却愈加坚定。试问，天底下还有哪种职业能收获这么珍贵的情谊呢？

物管老冯

老冯是我的同事。

我原本不认识他。单位那么大，员工那么多，要是工作上没有交集的话，要混个脸儿熟，难！何况，老冯既不高大，也不威猛，更谈不上帅气。

他个头不高，长相一般，额头稍微有点儿突出，嘴唇有那么一点点厚。平时不苟言笑，穿一身工装，默默地做自己的事。每天一大早，就在进大门不远处，养着几条金鱼的那个地方，侍弄那些花花草草。

我如果不是太忙，也偶尔会去看看那些金鱼。人工池里养的活物，看起来总有些可怜，只能在一汪清水里打转转，几乎找不到食物，连自己的喜怒哀乐都成为别人眼中的风景。

很自然，我和老冯就慢慢熟了，准确地说，是我对他慢慢熟了。他不喜欢主动搭话，只是你问他什么他就答什么。我也不是很喜欢与人搭讪，但老冯那种全无心机的样子很让人放心，也就有一搭没一搭地和他扯些闲话。

如果不是后面发生的事，我和老冯也就仅仅是混个脸儿熟而已，到不了心心念念非要为他写篇文章的地步。

那是单位的一次开放日，一大早，单位领导、值日教师、家长义工、保安就在大门口迎候。校园早已装点一新。盛开的千日红、万寿菊芬芳吐艳，烘托出美好的节日气氛。用来展示的师生书法、美术、文学等各类作品装裱得漂漂亮亮，摆放得整整齐齐。8点过后，参观的人陆陆续续地走进校园，三三两两地驻足在展品前评头论足。

很快，大家都聚拢到一幅画前。这是一幅《旭日东升》，画面构图简洁而气韵不凡，但见一轮红日从洪波涌动的海面喷薄而出，带着无穷的伟力和新生的希望，充满了一种蓬勃的生命气象。不知道创作者的灵感是否来自曹操的《观沧海》，但确实给人一种"日月之行，若出其中。星汉灿烂，若出其里"的雄奇壮阔之感。奇怪的是，这样一幅充满了艺术张力的画居然没有署名，一时间引得众人议论纷纷。有人说可能是创作者太过于专注自己的创作而忘记了署名，也有人猜测是某位业界大佬为了测试观众的鉴赏水平而有意隐去自己的姓名。

放学的时候，孩子们也背着书包陆陆续续从教室里出来，三三两两驻足到展品前。孩子们的集体荣誉感也很强，一见到自己班同学、老师的作品就欢呼起来。那幅没署名的画自然也引起了孩子们的极大兴趣，纷纷猜测那是哪个班谁谁谁的作品。末了，一个四年级的小姑娘打量来打量去，怯生生地说，这是她爷爷的作品。孩子们一如在教室里那样，集体用夸张的"什么？"来表示怀疑和鄙弃。小姑娘又气又急，拖着哭腔说："我说的是真的，我在爷爷的工房见过这幅画！"大家都以为是小孩子家瞎说，也没人当真。有认识那小女孩的同事说，她是物管老冯的孙女。

第二天见到老冯，我问起这件事，老冯嗫嚅着不置可否，脸上闪过一丝羞赧的神色，好像做错了什么似的。后来，在开放日总结表彰会上，物业经理上台做检讨说，那几天忙昏了头，东西搬进搬出，不小心把老冯没事瞎画的东西错当成展品摆出去了。校长很大度地摆摆手说："检讨就免了，物管都能画出这么好的画，证明我大实验人才济济嘛！"坐在后排角落里的老冯，头压得更低了。再后来，老冯告诉我，他从小就喜欢画画，高考落榜之后因为家里穷没钱复读，就早早出来打工了，先在梅州老家做，后来跟着老乡来到深圳，从事的都是工艺美术行业。打工有了一些积累之后，就自己创业、开过店、办过厂，现在老了，生意交给儿子、媳妇打理，自己就到学校来做物管，顺便接送孙女。工作之余手痒了，就画两笔。开放日那两天正好有点小感冒，请假在家休息，没想到就出乱子了。

老冯这人也真是的，不显山不露水，隐藏得挺深。再与他打招呼的时候，内心就平添了许多的敬意，觉得不为他写点东西就对不起和他同事一场。

风吹酸柳肥

　　仿佛一夜之间，深圳就成了一个大花市，木棉花、紫荆花、风铃木、叶子花……把这座海滨城市装点得五彩缤纷。

　　穿行在花花草草之间，感受着三月萌动的生命气息，欣赏着或红艳，或淡紫，或洁白，或金黄的美丽花朵，感觉会变得敏锐，心情会变得愉悦，头脑会变得活跃，一些久远的记忆会从心底最深处翻涌上来。

　　这个时节，在江西老家，艾草已经嫩嫩绿绿地铺满河滩、田野，正是做清明粿子的好时候。清明粿子固然好吃，贪了嘴，终究有些难消化，毕竟是拌了糯米做的东西。开胃的，还得数酸柳哩。春风撩一撩，暖阳烘一烘，春雨润一润，原本瘦瘦小小的酸柳芽芽就会像抽了条的娃娃一样，一天比一天肥壮起来。江西老表的语汇，把一切肥嫩细长的东西都叫作"柳"，植物长出了肥嫩细长的茎就叫"起了柳"。比如红菜心，有的地方也叫红菜薹，江西老表亲热地称之为"红柳哩"。类似的还有白菜柳哩、油菜柳哩。一提到"柳哩"，不管红柳哩、白菜柳哩、油菜柳哩，就想起那水水嫩嫩、婷婷袅袅的样子，再慵懒的胃口也要变得勤快起来。酸柳哩就更不用说了，光是听到这三个字，舌津就已经开始涌动，喉结就已经开始起伏，齿根四周就已经开始酸软松动。

抽条的酸柳哩，身高不过二三尺，身子粗壮得像吹火筒。它的身体表面布满了浅红色的花纹，纹路近似老虎皮毛，学名叫虎杖，可谓实至名归。身体内部像竹子一样，里面是空的。掰下来，撕去表皮，露出酸脆肥嫩的茎肉，可以当作水果来生吃，味道酸酸甜甜的，好吃极了。据说，新鲜酸柳哩还可以炒或腌。我没有试过。我总觉得，这么清清爽爽的东西，沾了油腻，怕是容易坏了兴致。晒成酸柳干，我是不反对的。奶奶晒的酸柳干就很好吃。稍稍搁一点点盐，一点点糖，再不需要其他调料，顶多焯下水，晒得干干的，摸起来干干爽爽，不脏手；嚼起来，酸酸绵绵，余味悠长。每天上学前藏两三条在口袋里，没事就撕一小条放在嘴里慢慢嚼，细细品，日子就变得有滋有味。

爷爷因病早殁，奶奶嫌跟着晚辈吃不自在，就一个人小锅小灶单过。父亲每个月把米碾好，筛好，给她送过去；做上门女婿的叔父，也会经常来看她，给她一些零花钱。老人家勤快，养鸡种菜，挖笋捡栗，摘杨桃梨，晒蜜饯干果，做煎饼米粿，总是闲不下来。奶奶住在老屋，老屋破旧而阴暗。但在我们这些孙儿辈眼中，那老屋一点儿也不黑。父亲是赤脚医生，一天到晚像颗钉子一样钉在诊所；母亲是生产队社员，经常要出工干农活，分田到户后管着七八亩水田就更忙了。我们除了上学，就是跟着大人干农活。正经事都忙不过来，哪有闲工夫来应节顺景做零食。奶奶的老屋，自然就成了孩子们的幸福乐园，隔三岔五地就能品尝到奶奶做的各种美食。

说起来，我的奶奶也真不容易，早年也是大户人家的千金小姐，脾气刁蛮任性，因了爷爷的早逝，独力荷起了生活的重担，饱尝了颠沛流离之苦。尤为不幸的是，晚年上山挖笋中风摔倒，在病榻上苦熬了三年，走得很不爽利。中风的那年，我正在县城读高三。高考成绩出来后，蹲在她身前告诉她我已考上，她却已经没有办法分辨和分享。她辞世的那年，我还在省城念大学。为了不影响我的学习，父亲没有告知我奶奶去世的消息。等到放假回家，奶奶那间卧室已是空空荡荡。去到她老人家的坟前，坟头的草已经长得老高。一转眼，我离开老家来到岭南也已经二十多年，我的孩子也快十八岁了。当年在奶奶病榻前侍奉汤药，摸黑洗屎尿裤的父亲、母亲，也已经腿脚不便，老眼昏花。特别是父亲，在经历了一场大病之后，身体每况愈下，连走路都颤颤巍巍。

　　三月是美好的季节，也是伤感的季节。它能让我们感受生命的美好，也会让我们想起一些人、一些事。如果时间能够静止，时光能够倒流，那该有多好啊。我和妻子可以牵着爷爷奶奶的手，我的儿子可以牵着他的爷爷奶奶的手，一起徜徉在南国的花海里，呼吸着鲜花的芳香，悦纳着鲜花的美艳。

　　说不定，我的奶奶还会拉着她的曾孙的手，为他讲述老家肥肥嫩嫩、酸酸脆脆的酸柳哩，讲述我嚼着她做的酸酸甜甜的酸柳干去上学的故事。

外公的旱烟筒

外公留给我的最早、最深、最后的记忆，就是他的旱烟筒了。

外公抽旱烟，抽自己烤制的旱烟。烟叶有时候自己种，有时候去县城买。烟叶的形状像芭蕉叶，只是比芭蕉叶小好几圈；又像大芥菜叶，只是比大芥菜叶大好几圈。这么说，倒不是因为我饶舌，而是在我们山旮旯里，种烟的人家实在太少，但大芥菜家家户户都种，芭蕉也随处可见。芭蕉不结果，却容易让人想起热带水果香蕉，想起《西游记》里的铁扇公主，在植物世界里这就算是有"海外关系"的了。要是能掰一片芭蕉叶在手，立刻觉得自己有了法力，可以扇灭火焰山的八百里火焰。大芥菜的叶子很肥大，绿蓁蓁的，一片叶子就可以炒一盘。芥菜微苦，通常的吃法是勾芡粉煮成菜糊糊，拌着米饭吃，很好。芥菜的根茎很肥壮，我们叫作菜苑子，去了皮——菜苑子的皮也可以炒来吃——白白嫩嫩，凉拌、炒肉都很好吃。入了秋，一担担大芥菜从菜地里砍回来，细细地切了，晒成菜干，就是江西名菜"盐菹压肉"的主料。烟叶既不能玩，又不能吃，却能让外公视同珍宝，在孩子的眼里是件很难理解的事情。他会将烟叶晒干，洒上香油，刨成细细的烟丝，用薄膜包起来慢慢抽。

外公的旱烟筒是小山竹做的，选用的是根部向一侧稍稍翘起的那种。这里面是有讲究的，稍稍翘起的根尖敲在脑门上是很疼的。哪个孩子不听话，旱烟筒就成了"家法"，威慑力是显而易见，比起"栗凿"来，厉害多了。"栗凿"就是用屈起突出的指骨节敲小孩的脑壳，已经是家长们比较严厉的武力责罚了。找到这种小山竹后，将竹竿的竹节打通，在竹根上钻个孔，与竿内的通道连通起来，一支旱烟筒就大功告成了。与之相配套的是旱烟袋，一个手工缝制的小布袋，用细绳子系在旱烟筒的下半端。点烟则要用纸媒，所谓纸媒就是卷成小支的草纸，在火笼里暗燃，捏在手上，要用的时候对着烟头轻轻地呼一口气，马上就能燃起明火，用完了摇一摇，明火熄灭，只剩下袅袅青烟。烟瘾来了，外公就从烟袋里团出小小一团烟丝，揉着揉着，按在竹根那个燃烟孔上，用纸媒点燃，很享受地长吸几口。过足了瘾，就将烟嘴朝下，在鞋底上敲一敲，抖搂干净烟灰，把旱烟筒别在腰带上继续干他的活。

外公除了喜欢抽旱烟，另一个爱好就是外出游玩。我在南昌上大学时，他去过南昌玩，也不知道我在哪个系哪个班哪个宿舍，他自有他的笨办法，沿着学生宿舍楼扯开嗓子喊着我的名字一路寻过去，还居然就真的给他寻着了。我毕业分配到干洲镇任重中学工作，他又来到干洲要我陪他一起去找他的老朋友玩。后来我离开江西老家到广东省云浮市工作，他又在我爸妈的陪同下来到云浮游玩。听爸说，上北京旅游的时候，也特地带上了他老人家，让他老人家有机会坐坐飞机，看看皇城，饱饱眼福。前两年，老人家大病了一场，病体初愈之后，又去江浙地区游玩了一圈。

我在深圳的工作和生活也渐渐安定下来，本以为还有大把的机会邀请他老人家来深圳游玩，谁知老天爷还是嫉妒了他的悠游自在，在2020年上半年再次病倒。这一次的病痛，来得很凶险，我和母亲通电话还没几个来回，就听说他老人家不行了。5月27日辞世，享年89岁。单纯从寿年来讲，他老人家也算高寿了，但在我的意识里，像他这么豁达，这么热爱生活，而且儿孙满堂的人，正是享福的好日子，怎么可能这么快，这么轻易就离开这个世界呢？我还一直冀望着，放了大假就赶回老家，守在他老人家身边，一边伺候他吧嗒吧嗒抽旱烟，一边打开采访笔录下他讲述的湘鄂赣苏区和红十六师的传奇故事。没承想，就这么简单的愿望，如今也成了永远无法实现的梦想。

我没能参加外公的葬礼。不知道，外婆、舅舅、姨妈记不记得把他珍爱的旱烟筒放进安葬盒？那支旱烟筒三年前我还把玩过，瘦瘦小小的，像极了瘦瘦小小的外公。

传菜声声饭菜香

在我们学校，最美的声音，一是早上孩子们读书的声音，二是中午饭堂阿姨传菜的声音。孩子们的读书声自不必说，稚嫩的嗓音有天然的亲近感；饭堂阿姨的传菜声拖着长长的尾音，也是别有韵味。

饭堂在校园的最北面，教工用餐采用的是自助餐形式，菜盆分两组从饭堂东南角沿墙摆开。在学校用餐的老师有好几百人，就算分两组排队，那队伍也是老长老长的。好在老师们也学机灵了，自觉错峰用餐，没课的早点去，有课的晚点去。饶是如此，菜盆里的菜也经不起打捞，没过一会儿就底朝天了。饭堂阿姨得时时瞅着，看哪个盆空了就赶紧添菜。从餐厅到烹饪操作间，隔着长长的过道。添菜的时候，阿姨的声音不够大，得接力，从餐厅传到过道，再从过道传到操作间。这样一来，传菜声就此起彼伏，声声迢递，像海浪，一浪接一浪，一浪赶一浪，汇成一首宏大壮阔的交响曲。

阿姨没有经过专业的声乐训练，也没有学过断句，更不懂平上去入的区别，但快和慢、轻和重、断和连、长和短的分寸都拿捏得挺到位。阿姨的嗓子也不是天然的金嗓子，音质也谈不上有多么好，但各种菜名从她们的嘴里出来就有了一种特别的味道。"皮皮虾"的"皮皮"必是带了一些滑音和跳音，似乎那虾还在活蹦乱跳，很调皮地和大家嬉戏；"开胃牛蛙"必是充满了夸张与戏谑，既骄傲于本家大厨的独门秘籍，又为满堂食客酸辣爽快之后涕泪交流而窃笑；"上海青"必是在"海"字后面欢快地一顿，然后慢悠悠拖出"青"字那长长的尾音，似乎这么一来，就可以拽出满眼的绿意，满园的春色；"荷塘月色"必是舒缓而柔美，带着满满的诗意，像轻风拂过绿塘，月华笼着莲叶，星光点点摇曳出美丽的荷花苞。

阿姨们的工作是很辛苦的，每天起早摸黑，忙忙碌碌，好不容易等到饭菜飘香、美味铺陈，却得忍耐着饥渴先照顾师生用餐。等到大家都吃得差不多了，才和厨师们一起，残羹冷炙将就着胡乱扒拉几口。搁下碗筷，又得赶紧收拾刷洗，抹桌拖地。等到腰酸背痛回到家，或许家里还有老人、孩子在等着她们去照顾。在这样艰苦的情形下，她们始终保持乐观的情绪，用自己的热心服务和甜美笑容，带给全校师生最舒心的用餐体验。普通的饭菜，经过她们报菜名而变得活色生香。在她们诗意的传菜声里，老师们餐盘里装着的不只是饭菜，还有璀璨的春光、妩媚的春色。

于是，我一边品味着可口的饭菜，一边敲下这些文字：

　　我用餐盘盛满春天
　　当我把一片的焦黄烟笋咬进嘴里
　　我发现我咀嚼的是它脆嫩鲜绿的童年

当我夹住一瓣花甲举到眼前
我看见了它潮涨潮落的阳光沙滩
鲜美的口蘑在我的舌尖上翻卷
我闻到了山坡上花花草草的香甜
酱黄的猪蹄勾起的不是食欲
而是田野上的猪拱鸡刨牛羊撒欢

我的外婆

我的外婆已经九十岁高龄，眼不花，耳不聋，步态稳健，精神矍铄。

每次去看望她老人家，远远地，看到我的身形，听到我的声音，无须我自报家门，她都能准确地认出我来。然后，轻轻唤着我的乳名，牵着我的手引我坐下，用她亲手炒制的茶叶，为我沏上一杯又酽又香的老茶。

在我的记忆里，外婆从小就是我的保护神。我小时候很调皮，是村里出了名的整蛊大王，属于"三天不打，上房揭瓦"的那种。我每次在村里闯了祸，被父亲武力教育，硬着头皮领受的时候，心中常常默默祈求菩萨保佑，让外婆奇迹般地现身，来解救我的苦难。父亲的武器，最常用的是竹梢子，抽在身上腿上，火辣辣的，像被洋辣子蜇过一样，不伤筋动骨，道道红痕，却疼到让你怀疑人生，几天都缓不过来。外婆家在白洋，离我塆上不过几里路，隔三岔五要来塆上买个油盐酱醋的，偶尔有个头疼脑热的也要来找父亲这个赤脚医生抓药，大概率会碰上我受刑的场面。不管父亲有多暴怒，外婆总是挺身挡在我的前面，捉住父亲的手，抢过他的竹梢子扔在一边，气愤地说，怎么可以这样打自己的孩子。

外婆是一位有着六十三年党龄的共产党员。去年恰逢中国共产党成立一百周年，"七一"前夕，上级党组织专门派人给她送来了"光荣在党50年"绶带和纪念章。外婆是在20世纪50年代后期加入中国共产党的，那时候她才二十五六岁，是三个孩子的妈妈。外婆作为共产党员和大队妇女主任，工作是非常紧张、繁忙和辛苦的。那时候交通、通信条件没有现在这么发达，外出开会、学习、参加活动，经常要走二三十里的山路。有时候，通知来得急，要求连夜赶到指定地点集中，大队的男干部急匆匆先出发了，外婆要收拾尿片，包裹孩子，常常一个人落在后面。月黑风高，山谷阴森，夜鸟寒号，外婆背着孩子，打着火把，一个人跌跌撞撞在崎岖的山路上奔走，那得有多大的胆子呀！外婆一心扑在工作上，对家里人，尤其是对孩子，难免疏于照顾。有一年，外婆去仰山开会，上午开完会下午接着又去猪场栽红薯，把一个八岁的孩子留在家里，得了急病没有及时请郎中，延误医治时机导致病情恶化，终究未能抢救过来。孩子去世的当晚，外婆哭得呼天抢地，把眼泪都哭干了。这件事，成为外婆心中永远都无法愈合的创伤。

外婆从小就是个苦命的孩子，三岁就做了别人的童养媳。外婆的老家在澡面，澡面地处江西和湖北之间的交通孔道，地理位置十分重要。20世纪30年代的中国，兵荒马乱的，老百姓的生活非常艰难。1935年的某一天，澡面来了大队的国民党兵，说是要去"剿匪"。大兵沿着赣鄂通道行军，过了三天三夜都没过完。也就是这一次大兵过境，彻底改变了外婆的人生。外婆的父亲，被过路的国民党军掳走，不知道是抓去当兵了还是当挑夫，从此下落不明、生死难卜。那年，外婆才三岁，上面还有一个哥哥，下面还有一个弟弟。外婆的母亲带着三个小孩从罗家坳翻过大山逃往邻乡仰山。罗家坳山高路远，上山八里下山七里，连青壮年男子都要累得气喘吁吁，更不要说拉扯着三个孩子的弱女子。逃难的过程艰难而惊险。有一次藏在一个山洞里躲兵，也不知道过了多久，等到大队的人马过去了，洞外开始安静下来，以为可以平安无事了。哪知道，刚窸窸窣窣从洞里探出身来，就见黑洞洞的枪口指向自己。正当母子四人吓得缩成一团不知所措的时候，一个军装破烂、模样周正、面容和蔼的中年男子开口了："表嫂，别怕，我们也是穷人出身，不会伤害你的。这里很危险，赶紧带着孩子走吧！"好不容易翻过大山逃到仰山，孤儿寡母的，生活没有着落，为了不让三岁的外婆饿死，外婆的妈妈忍痛把她送给了外公家做童养媳。

活了将近一个世纪的外婆，经历了近一个世纪的风云变幻，看惯了秋月春风，脸上已经变得恬淡平和。现在，外婆已经是这个家族最年长的人。大家都说，这个家族有长寿的基因，只有外婆自己知道，能活到这个年纪，不懒惰、不刻薄、不计较、不耍心机，才是正道。外婆育有三子四女，繁衍至今，祖孙四代，已经有五六十口人。家大业大，总免不了一些短短长长的事，外婆的秘诀就是不计较。

2022年春节，是中国共产党成立百年大庆之后一大家子第一次聚在一起，大家都有一个心愿，那就是几代党员在一起照个特殊的"党员全家福"。外婆高兴地从衣箱里取出鲜红的绶带，斜披在身上，"光荣在党50年"的烫金大字格外醒目。金色的奖章挂在脖子上，闪闪发光。外婆站在正中间，大家围在她的身边，"咔嚓"一声，留下这意味深长的瞬间。

一样的高考，不一样的风景

我是1988年7月参加高考的。

该学的学了，该背的背了，该练的练了，越临近高考越淡定了。

那时候校方也聪明豁达得很，都知道要高考的孩子是上了道的骠马，完全没有必要还整天拴在马厩里。估摸着考前留个三两天集中起来做做准备工作就可以了，足足放了两个星期的假，让孩子们回家复习。至于家长，都在各忙各的，种地的种地，做工的做工，高考基本没他们啥事儿。

我家在山区，离县城远得很，来来回回太折腾，就只能待在学校。偌大的校园，热闹的教室，人一走，就变得空空落落。五黄六月，炎炎火日，铄石流金，即便到了晚上，依然是暑气逼人。十几张床位的宿舍太闷热，晚上就干脆睡在教室。教室在三楼，几张课桌拼在一起，两边的窗户打开，空气对流，比宿舍凉快多了。留校的人不多，复习也各自为政。我是数学盲，理化也差劲得很，只能读文科。文科数学比理科数学容易一大截，好歹还有些希望。历史、地理这样的科目，"坐地日行八万里，巡天遥看一千河"，于我这样的浪荡子来说，是再合适不过的。不知道，若干年之后，远走闽粤，游食东南，与此有没有关系。

考试就考呗，也没有今天这种又是喊楼，又是授旗，又是鼓动学弟学妹写加油信，又是老师集体穿红衫讨喜气，甚至跑到庙里许愿求签。我呢，脖子上搭了条擦汗的毛巾，考前吃了根冰棍，发卷前闭目练了一会儿气功，就完成了我人生的一桩大事。其他科目没有特别的印象，只有数学，铃响交卷出来，听同学议论说，做完题目还剩十几二十分钟，我则是掐着时间踩着点才做完的，脸上便有些讪讪然，好像底气被挖出一个洞来。等到考试成绩出来，满分120分的数学卷，居然也被我这个数学盲考到了111分，真是祖坟冒青烟了！依稀记得，考卷里有道大分的几何证明题，我绕来绕去兜了好大的圈子，居然滴水不漏地回到了原点。考后查对答案，虽然步骤啰唆了点，逻辑上倒是无可挑剔。

考完就各回各家，各找各妈。暑假的某一天，正在地里干农活，村里的干部找来我家，说大学录取通知书到了，要我赶紧下县里。拿到通知书一看，原来录的是提前批的江西师范大学。班主任俞老师告诉我，看我的分数上了本科线，就建议我把志愿由河北地质学院改成了江西师范大学，保险。我平时的水平，在班级也就排个十几二十名，数学最低考过17分最高没有超过50分的。高考之前有个毕业考，相当于现在的学业水平考试，毕业考合格了才有资格参加高考。毕业考的时候，我意外考到了全班第二名。等到高考，我一鼓作气，考到了全班第一名，也是全校文科第一名——全校也就一个文科班嘛。每次同学聚会，谈到高考，同学们都笑话我，说我这个大学是练气功练来的。我笑笑，不语。只有熏得满鼻子灰的煤油灯、深夜校道边昏黄的路灯、大清早教室咔嚓的门锁，才知道我有多拼。

如果没有改这个志愿，现在的我，也许正背着一大包仪器，在天南地北的山旮旯里转悠，为我们亲爱的祖国找矿呢！不过，现在这样做"孩子王"也挺好。每年高考季，看着忧心如焚的家长们，又是穿旗袍，又是穿红戴绿，又是撑香蕉，又是举向日葵，便禁不住感慨：现在的孩子，命真好！

是你，让我超越了平常的自己

我就是你们嘴里的小胖，那个入学时身高不足一米六，体重超过130斤的小胖。

三年前，本来说好了一起报考某所区网红学校的，结果我的好朋友被掐尖儿去了另一所学校，只剩下我一个人孤独地来到了这所学校。

开学后的第一节体育课，海哥组织体能测试，站在高高的单杠前，我的两条不听话的腿直打哆嗦。在海哥的反复催促下，我铆足了劲，纵跳了两次，硬是连杠把都没碰着。海哥安慰我说，别着急，集中注意力，再来一次。我长吸了一口气，拼尽全力跃起，终于抓到了杠把。杠铁咬得我的两个手掌生疼，身体好像瞬间增添了千万斤，扯着我往下坠。我徒劳地挣扎了两次，除了带动身体大幅摇晃外，我一次也没能让我的下颚挨近杠把。虽然海哥没有批评我，但我分明能感觉到，他那犀利的眼光恨不得从我身上剜下20斤肥肉来。

海哥不是个健谈的人，他只扔给我一句话："要想中考体育拿满分，好好跟我练！"我知道，在深圳这样的地方，考高中难过考大学。尤其是我们这种把户口迁来深圳的，老家是无论如何都回不去了，是没有任何退路的。如果连体育都拿不到满分，还有什么希望可言！

每天一到学校，我就来到体育室。海哥已经把我的早锻炼安排得满满当当：热身、跑步、拽轮胎、举杠铃……只有我做不到，没有他想不到。每当我双腿胀痛，两臂酸麻，想要偷懒的时候，海哥也不多说，只把他那略带嘲弄的眼神抛过来。两束目光相触的瞬间，我无力抵抗，落荒而逃。我可以忍受海哥的训斥，甚至打骂，但我忍受不了他的鄙夷和嘲讽。偏偏他既不喜欢说，也不喜欢动粗，就只是那么直直地盯着你，让你恨不得立刻刨个坑把自己埋了。可我能这么轻易把自己埋了么？

在这样日复一日的心理较量中，一晃三年就过去了。我的身体越来越轻盈，四肢越来越强健。体育中考那天，我信心满满站在了单杠前。一声令下，我牢牢抓住了杠把。我似乎听得见我的肱肌在呐喊、在收缩，带着强大的爆发力和复仇感。风声在我的耳畔呼啸，大地在我的眼中沉浮，我无暇计数也不屑于计数。我在起伏升降中尽情享受着与海哥的眼神较量、与平常的自己较量的快乐。当我耗尽双臂的最后一丝力气落回地面的时候，四周响起了雷鸣般的掌声。回转身，看见海哥的眼睛里噙满了泪水……

今天，坐在中考文化考场，写着《是你，让我超越了平常的自己》的作文，我自然而然想起了我的好朋友。我想，此刻，他应该也和我一样。我无法预测，在这场终极大战中，是我超越他，还是他超越我。

我唯一可以确信的是，有海哥你的帮助，有许许多多和海哥一样的人的支持，我一定会超越那个没有被掐尖儿的平常的我。

药箱说·凉亭说·所长说

——谨以此文献给一位五十年党龄的乡村老党员

药箱说

它静静地立于桌子的一角，颜色已经变得暗红，革面斑斑驳驳，背带磨得非常光滑，只有那个红十字依然闪耀着光芒。

这是一只普普通通的出诊药箱，是每个乡村医生的标准装备。它分为上下两层：上层放有各种小瓶装口服片剂，还有体温计、消毒棉、碘伏等常用品；下层是几种常用针剂、针盒、听诊器。一个药箱，就是一间小小的流动医院。背上它，跋山涉水，走村串户，把健康送到千家万户。

药箱的主人，中学文化，出身不好，在极左年代，很不受待见。他的父亲曾经是国民党青年军军人，他的外公，是当地所谓"土豪劣绅"，担任过保长。背着这样的历史包袱，他升学、入党都受到影响。后来他被选送去宜春卫校学习了两年，从此放下教鞭，拿起听诊器，做了一名"赤脚医生"。"赤脚医生"是农村社员对"半农半医"的大队卫生员的亲切称呼，带着浓浓的乡土气，贴切而形象。你想啊，这医生首先是农民，而农民下水田干活，得脱下鞋子，撸起裤管，赤脚下田。正插着秧，耘着禾，社员急匆匆跑过来喊"医生，医生，不好啦，谁谁谁病倒了，快去救人啊"，哪里还有空慢慢吞吞洗好脚，揩干脚，穿好鞋子，再动身去救人的？只能是从水田里一跃而起，拖泥带水地先跑去救人要紧。作为农民，兼着医生的职责，一身二任，双岗双责，没有上班下班之分，随叫随到；没有内、外、妇、儿科之别，样样皆通。自从当上了赤脚医生，这个药箱就成了主人的随身武器，走到哪儿带到哪儿；就成了主人的身份标签，药箱在哪里，主人就在哪里。

这只药箱，它记忆最深的，一定是许多个不眠之夜，主人背着它，急匆匆行走在山路上的情景。患者没可能预先知道自己会生病，预先挑好一个自己有闲、医生有空的日子来生病。生了病白天不来看医生的，也一定有一些特别的原因，比如白天在干农活时只有一点小小的不舒服，患者试图扛一扛挨过去，谁知道一到晚上就大发作了，没有法子，只有来求医生。主人作为医生，当然很清楚这一点。许多次，当主人头挨枕头刚刚沉入梦乡，外面就响起了咚咚咚的捶门声，然后是一声高一声低的呼唤："廖医师，廖医师，起来帮我家谁谁看个病！"这个时候，主人纵有千般不愿，万般无奈，也只有披衣起床，一边嘟嘟囔囔抱怨为什么不白天来看病，一边询问患者病情症状，一边根据家属描述准备相应的药品、器械。收拾停当，打起火把，揿亮电筒，跟随着家属的脚步，跌跌撞撞，行走在高低不平的山路上。近则三五里，如坳头、杨树垅；远则二三十里，如九溪洞、云阳山。到了病人家，早已热汗淋漓，来不及喝口热茶，量体温，听胸腹，把脉，配药，打针……一折腾就一两个小时。要是碰上生孩子难产的，更不得了，一守就是大半夜甚至几天几夜。病情严重，需紧急转院往县上省里送的，还得帮助联系车辆；家属手头拮据的，还得四处求人帮着筹集费用。方圆百里，老老小小，男男女女，靠着这只小小的药箱，靠着药箱主人的精湛技术，战胜了病痛，赢回了健康。老表们一提到他，无不伸出大姆指，赞一声："廖医师，恰价（江西方言：了不起，厉害）！"有口皆碑，主人的名声越来越响亮，以至于好些外县病人都舍近求远来找主人看病。也有一些被县上、省里大医院诊断为不治之症、束手无策的患者，转而求助主人。主人也硬是靠着他深厚的中医底子，把许多深度肾病综合征、肝硬化腹水患者，从阎王爷身边拉回来。

山区老表热情好客、朴实厚道、知恩图报。这只小小的药箱也一定记得，里面装过无数的鸡蛋、毛巾和山区特有的吃食。主人出诊看病，家属赶紧煮好糖水荷包蛋给主人消夜，来不及煮熟的也一定会硬塞给主人带回家。本地风俗，做喜事，毛巾是最重要的回礼。为了表达对主人的感谢之意，在主人出诊离开时老表多赠予毛巾作为谢礼。要是谁家碰巧做了风味吃食，如炒了尖栗，打了麻糍，煎了米粿，炸了烫片，必定会包上一包让主人带回家给孩子们吃。

如今，主人年事已高，身体大不如前，视力模糊，扎针很难找到静脉；腿脚乏力，再也翻不动高山大川。村里也人丁稀落，年轻一代不是外出打工，就是进城置业。一到晚上，偌大的墩上村灯火寥落，连狗叫都难得听到几声。

这只暗红的出诊药箱，蒙了厚厚的一层灰，神情落寞地望着角落里年迈的主人，只有那个闪耀着光芒的红十字，能点亮主人眸子里的火把，映着数十年走过的长长的山路……

凉亭说

这是一间凉亭，名叫霞晖亭。

它矗立在村中心的三岔路口，亭柱上刻有对联：水绕山环无双地；人来车往第一区。又有一联云：过客皆入座不分上下左右；闲者可登堂无论春夏秋冬。

这是一个绝佳的位置，坐在凉亭里可以看见三条水泥路通向两县三地：奉新县仰山乡、奉新县澡下乡、靖安县中源乡。三条路上的行人和车辆都要经过凉亭这个交会点，都要经过亭中人目光的检测。开往县城的班车也把这里作为站点，每天早上7点吞进去一拨人，下午5点吐出来一拨人。白天，老表们可以在这里聊天，打牌；雨天，候车人可以在这里避雨，等车；夏夜，老人家可以在这里纳凉，观星。就是南来北往的外乡人，见了这么一间漂亮的凉亭，也可以进来歇歇脚，缓口气儿。凉亭琉璃瓦，飞角檐，四梁八柱，加上柱上的楹联，很有几分古雅的韵味。凉亭里侧，勒石刻碑，记载着建亭始末，还有捐资芳名榜。

以凉亭为原点，平整的水泥路向三个方向延伸：仰山方向修到了村小，澡下方向修到了水口，中源方向修到了榨下（老榨油坊）。水泥路的两侧建有暗渠式排水沟，方便雨水季节排洪。这是村里主干道的修整。除此之外，每家每户的入户小路以及屋前的场院，也都全部硬底化了。在完成硬底化改造之前，穿村公路是标准的砂石路，还是新中国成立初期解放军修建的，质量确实过硬。但是大晴天的，只要汽车一驶过村子，立刻卷腾起漫天的灰尘，呛人得很。靠马路的人家，吃老亏了，屋子里的家具刚刚抹过，一转身又是一层灰尘。雨天呢，雨点飞溅，浊流滚滚，烂泥污水随时可以陷下你的脚，啃下你的鞋。现在好了，无论天晴下雨，再也不用担心这些烦心事。路面天天有人保洁，干干净净。路旁种有月月桂，走在路上，经常可以闻到桂花浓郁的香气，特别提神。

坐在凉亭，再也看不到挑水的人，再也听不到压水泵噗嗤噗嗤的声音。以前村里人的饮水、用水都要去外面挑。家家户户备有两种水缸：一种装饮用水，水是从水井里挑来的；一种装洗漱用水，水是从河道里挑来。大人用大的木水桶挑水，小孩子用小的洋铁桶挑水，老老少少，男男女女，扁担悠悠，水桶晃晃，也是村里的一道风景。后来，家家改用压水井，再也不用出外挑水，在自己家就能取到水。倒一瓢引水在压力泵里，握住把手快速按压，等到手上感觉到压力了，地下甘甜的井水就汩汩而出了。压水是个体力活，要压满一桶水也不容易，非弄到手臂酸痛不可。现在好了，全村统一安装了自来水——这个可不是自来水厂加氯消毒的那种自来水，而是真真正正从山岩里出来的矿泉水！

夜深人静的时候，坐在凉亭，可以闻到露水的味道，青草的味道，泥土的味道，瓜果的味道，但你绝对闻不到那种不雅的味道。那种味道是农人侍弄庄稼菜蔬时最熟悉的味道。过去使用土茅厕的时候，一口大缸加两块蹲板，简单粗陋，臭气外溢，混合着鸡舍味儿，猪圈味儿，牛栏味儿，实在是难闻。起夜小解，家家用的是尿桶，就算讲究的人家给它加了盖，也掩盖不住那股刺鼻的骚味儿。何况，谁有那么瞎讲究！现在好了，家家都把茅厕改建成了新型卫生间，用上了抽水马桶，排污、化粪系统全部埋入地下，再也闻不到一丝丝异味儿。

每天傍晚，当凉亭里准时响起"你是我的小呀小苹果"的乐曲时，村里的奶奶、大妈、姑娘们又扭起她们的腰肢，开启她们幸福的夜生活。这时候，最开心的，一定是几位老人了。村子里发生的这一切新变化，得益于党中央推出的新农村建设项目，凡被纳入新农村建设项目的村庄，国家财政都会给予10万元的资金扶助。村里那个被大家呼作"廖医师"的人，领着村里的一群老人，比如退休的乡政府办公室李主任等，上下联络，左右沟通，亲力亲为，将村庄改造成了今天的模样。

所长说

派出所的活儿不好干。

森林派出所的活儿更不好干。两个婆婆：县公安局，县林业局。两个战场：社会治安，森林执法。

这不，刚拿到调令，人还没下去，两个婆婆都找我去谈话了。公安局王局长说，下去之后赶紧把那单毁林案子办好，该罚罚，该拘拘，不要婆婆妈妈。县林业局李局长说，绿水青山，就是金山银山，谁敢毁林毁山，就要他倾家荡产。下去之后，赶紧把案子查实了。这真是，人还没进门，案子先上门。

牢骚归牢骚，一到罗田森林派出所，我还是马上找来了报案记录。

报案记录显示，廖××纠集李××、罗××，以修路为由，毁林毁田，给报案人张××造成巨大损失，致使报案人无法正常生产，衣食无着……

案情重大，在和指导员、副所长简单商量之后，我决定先去看现场。我带着干警老陈、辅警小帅跑了两小时山路来到蓝市村坳背组，在村民指点下找到了张××的家。抬头一看，一栋占地面积超过200平方米的洋楼赫然矗立在眼前。这可不像衣食无着人家的样子，我不免在心里嘀咕起来。张××见我们仨登门，眼睛里闪过一丝慌乱的神色。我们开门见山，提出让他带我们去看现场。张××的田和山离分水坳不远，就在亭子里附近。亭子里是个地名，确实有个亭子在那里，好多年前我到过一次，那是古驿道，亭子是供人歇脚的。新修的马路虽然有些陡峭，但用料足，硬化层厚，很是扎实。站在上面看下去，是有些竹子被压坏，有一些黄泥沙被冲到了水田里。虽然看起来问题不是很大，但既然当事人报了案，我们还是要查个水落石出。

接下来，我们又重点走访了两村村委。在蓝市村，罗书记一见面就向我们大倒苦水，说蓝市早在20世纪30年代就是"八（败）、蓝（市）、陶（家）地下党组织"的重要支撑点，也接待过红16师的休整，是个革命老区，但长期以来往来坱下连条像样的路都没有，而村民采购生活物资或者外出搭车上乡里、县里都要到坱下去。罗书记真是个话痨，一扯起来就没完没了，等我们好不容易插上嘴，问起毁林毁田的事，罗书记把两手一摊，说是修路的事都是由坱下村主导，蓝市这边只是出了份子钱。转到坱下村村委，李书记倒是没有诉苦，而是信誓旦旦，修路的事绝对依法依规而且得到了乡政府和公路局的支持。他还一脸得意地说，幸亏村里有个能人，也是个老党员，四处奔走，才算把这件大事办成。我说既然如此，那你把他叫到村委来，我问问他几件事。没想到李书记却一口回绝了我，说，要谈话只能你去找他。

跟着李书记的脚步来到了"能人"家里。一进门，就见一位年逾七旬的老人颤颤巍巍从木椅上挣扎起来招呼我们。他的腿脚很不灵便，有一只脚明显无力，走起路来一瘸一拐的，每走一步都好像马上要摔倒一样，但他努力维持着平衡。这个被李书记称为"廖医师"的人抱歉地解释说，他的脑梗还没有完全恢复，现在还天天熬中药，也许再也不能回到从前。我的心里咯噔一下，为自己的孟浪和轻慢感到害臊。我感到自己的脸有点微微发烫，幸好屋子里光线比较暗。我真的难以想象，是这样一个病弱之躯四处化缘，募集资金，办好手续，招募工人，组织施工，完成了这样一项浩大工程！

我怀着些许不安的心情问起张××到森林派出所报案的事，并关切地询问是不是资金紧张，补偿款没有执行到位。廖医师抖抖索索摸出一沓单据，轻轻地叹一口气说，你看，这是他领取补偿金的签字，总共两万多块。修路资金确实不够，这两万多块还是我从自己的私人积蓄里拿出来的，就当我另外又交了一次特别的党费。我的鼻子有点泛酸，不解地问道，既然补偿款拿到了，那他为什么还要纠结那几棵毛竹，那一小块水田呢？老人家似乎有些不情愿地说，那人是做砂石生意发家的，蓝市村最气派的那栋洋楼就是他的，他想承包修路用的砂石料，我放心不下，就没有用他的料。

真相已经大白。我决定连夜赶回县城，向两位局长汇报。我们无权给这位七十多岁的老党员颁授什么荣誉，但至少可以还他一个清白。

附人物小传：廖作清，江西奉新人，1947年7月生，乡村医生，中共党员，一生救死扶伤，治病救人，晚年热心新农村建设，乡村公路建设，一辈子默默践行入党初心，服务乡民。

一个退休老人的套

　　离放寒假还早得很，游总就火急火燎，隔三岔五地来探问，问我什么时候能回老家。

　　我离开老家已二十多年，与老家社会面的接触淡了许多。一年也就回那么一两次，陪伴父母家人都嫌时间不够用，极少主动去联系旧相识。

　　然而，游总是个例外，是我回去了就算再忙也要去见的一个人。

　　游总是位退休老人，退休前在银行工作。游总是戏称，游总也知道是戏称，并不特别反对，反对了倒显得矫情，矫情的事他是坚决不干的。私底下，我更愿意尊他一声立平兄。他应该比我年长，但不会超出一个年代。尊他为兄，一方面是他确有令我景仰之处，一方面也是因为文人圈子里"老师"和"兄"的称呼用得最多，无论男女，概不例外。

　　立平兄不是我的故交，他和我原本毫无瓜葛，只能算是我"半路出家"的朋友。他和县一中古老师相熟，古老师又是深圳奉新老乡群的活跃分子，我的同事兼老乡秀梅美女也在这个群里，一来二去的，八竿子打不着的两个人居然也做成了朋友。没办法，朋友圈生态就是如此，无论彼此隔着多么遥远的距离，拐上几道弯，搭上几条线，都能把你从茫茫人海里扒拉出来。就像川梅兄，都已经失联三十年的人，才拐两道弯，就重新接上了线。一发朋友圈，大学同窗居然还能忆起他作为师大作家班学员给88级新生开讲座的情形。

与立平兄往来变得密切，是因为他的农家书屋项目。为了这个项目，他筹备了很长时间。审批，资金，场地，材料，施工，等等，反反复复，都是很费时间和精力的事。甚至具体到某个细节，都需要找众人商量，仔细推敲。我就是被他拉进一个小群去参与推敲的。推敲的是他农家书屋的大门楹联，入群的还有古老师、胡老师。在拉群的时候，立平兄就开宗明义："纵观古代保存至今的书院，进大门都有一副对联，本人立下了做华林书院文化传承人的誓愿，退休后打算在华林胡氏第二祖居地稻田村开办农家书屋，让农村的孩子也能像城里的孩子那样，在周末和节假日可以安安静静坐下来读一点好书。希望各位好友开动脑筋，助我一臂之力！"于是，四个"文化人"从用典到立意，从措辞到平仄，你来我往，反复讨论，从4月30日提出动议到6月5日书成条幅，耗时三十多天。

除了热心于乡村文化建设，立平兄自己也勤于笔耕。他涉猎的题材范围非常广泛，有时事评论，有生活感悟，有邻里故事，有专业思考。这些业余之作，不追求荣登大雅之堂，只是不希望自己停止思考，让大脑提前退休。没有功利的羁绊，无须遵命写作，完全听凭于自己的内心，再加上丰富的基层工作阅历，使他的文章率性本真，带着浓浓的乡土气息，而于乡村中国的观察和思考每每切中肯綮，不乏真知灼见。这些小文章每年归为一辑，题为"生日奉献",已连续编录八册。自费印制,免费赠送给朋友们阅读。八开本,大字体,不用戴眼镜都能看得清清楚楚。据立平兄介绍说,初出茅庐的他,1985年、1986年分别用"债务分解法"成功化解了两笔村办企业债务,得到领导的信任,1987年组织上不但让他挑起了基层信用社领导的担子,还让他加入了县金融学会。县金融学会成员仅三人,两位领导一个兵,赶鸭子上架,有投稿任务,逼得他拿起笔杆子。久而久之,就把写作养成了自己的一种爱好。

他甚至对制作黄黏米粿之类的土特产都有着常人难有的兴趣和热情,经过五六年的反复试验,掌握了制作的关键技术,出品的黄黏米粿达到了农村老师傅的水准。黄黏米粿是奉新西北部山区客家人的一种传统美食,以当地特有的禾子糯米为主料,拌以用黄连柴(黄栀子树、吊茄子树、野桂花柴、乌龙木之类的灌木)化制的灰碱水,蒸熟打制而成。黄黏米粿色泽金黄,口感糯软,香味独特,耐储藏,可蒸、可煎、可煮、可烤,正餐小食两相宜,也是馈赠亲朋好友的佳品,深受当地老表的喜爱。立平兄当年在山区品尝到这种美食后,念念不忘,发誓要学会这种美食的制作技艺。他多方求教,反复实验,不断改良,制作技艺日渐精进,现在不仅能做出口味纯正的产品,还能根据食品工业便利化的趋势和需求,采用真空小包装通过电商平台发货。

回到老家后,联系立平兄,告诉他老人家,我已回到奉新,准备择日去看望他老人家。我的潜台词是,他老人家像老房子着了火似的盼我回来,是不是有什么事要我效劳。立平兄是明白人,当然知道我的用意,却故意揣着明白装糊涂:"回来就好,回来就好,你先忙家里的事,我初三再约你。"

等各自把家里的事情料理完毕，时间已经来到2月4日，也就是大年初三。按照老家的习俗，这一天是不走亲戚的，正适合用来做点自己的事情。立平兄和我约定在县城商业步行街街口见面。或许是考虑到这是我们之间的第一次见面，担心我认不出他来，立平兄特意在外套左胸位置别了一枚带有单位LOGO和姓名的徽章。身材健硕的他，黑衣黑鞋黑挎包，白眉白发白徽章，慈眉善目而精神矍铄。

等到坐上我的车，他神秘兮兮地掏出一张纸说，老弟，跟我去寻宝。

这是一张精心手绘的地图，图上一河（南潦河）二山（越王山、华林山）三富（上富、下富、历富）四埠（宋埠、谭埠、会埠、竹埠）一目了然，冯川与罗市之间的南北（古）大道用红色标记，现在正在使用的G354国道用蓝色标记。故县、稻田等村落均已圈出，甚至连古代南潦河航运上溯所能抵达的最高点横桥，都很用心地做了标记。

我心想，这老人家搞什么鬼，明明知道我不是考古专业的，能寻什么宝？然而，看到他满脸虔诚的样子，我也不好扫他的兴，随他胡乱转一圈罢了。

按图索骥，沿着崭新的旅游大道，我们来到了寻宝第一站：故县。奉新是个千年古县，古称新吴，于汉灵帝中平二年（185）置县，县史长达1837年，县治最初设在会埠盘山之北，唐中宗神龙二年（706）迁至冯川北岸狮山之下，旧县治所在地遂被称为新吴"故城"或"故县"。三国时期，东吴孙策为了对付盘踞在幕阜山的刘表的侄子刘磐，派太史慈出任建昌都尉，镇守赣西北。太史慈在赣西北设防御工事五处，其中最重要的就是设在故县的太史城。太史慈与刘磐之间最大规模的一场战役就发生在故县盘山。在村口，立着一块地名牌，上书"故县"二字，并不特别起眼。真正亮眼睛的，是一座新修的石牌坊，牌坊上方刻着"新吴故城"四个大字，牌坊两边有一副楹联，上联是"脉衍华夏物华天宝千年古县昭旧事"，下联是"基开潦水人杰地灵百代瓜瓞展新猷"。该联出自本县知名文化学者樊明芳先生之手，自是非同凡响。走进村内，坍圮的祠堂，蔓延的藤草，诉说着故城的衰败荒凉；精致的圆形门洞，刻有家族标记的青砖，又分明昭示着此地曾经的辉煌。行走在古樟、篁竹间，静静地聆听南潦河的溅溅流水，耳畔仿佛响起耕香寺的钟声。

耕香寺（院）是八大山人朱耷的隐居清修之地，隔南潦河与故县遥遥相望。朱耷，字刃庵，号雪个、个山等，明太祖朱元璋第十七子宁献王朱权的第九世孙，是明末清初的艺术大家、文人画写意巨匠，其画作以白眼著称于世。清人邵长衡所著《八大山人传》说："八大山人……弱冠遭变，弃家遁奉新山中，剃发为僧。不数年，竖拂称宗师。住山二十年，从学者常百余人。"当年的耕香寺，"负阴而抱阳，泉香而林静，春来之草青，洞上之风不坠，桂已成丛，芦无烦折"。可惜的是，原寺于1939年毁于战火，殿宇荡然，仅存寺基与残砖断瓦。现在的耕香寺是2013年以后重建的，是地方重要的文旅项目，投资以亿计，与当年的耕香寺不可同日而语。在寺内，见到一些外地口音的禅修学员。墙上的作息时间表显示，这些学员要从事晨跑、早课、行禅、站禅、坐禅、瑜伽、听开示、晚课等活动，已然是另外一种境界，另外一种生活方式，离大众距离甚远。踱步至寺外墙角边，惊喜地发现有一株蜡梅开得正盛。梅花瓣瓣，白光点点，是在为山人欢笑还是替他垂泪？国破家亡，物是人非，山人心中的剧痛，又可以向谁诉说：是寺外的春花秋月，还是画里的枯荷鱼鸟？

济美石坊才是货真价实的老古董。"济美"，典出《左传》。《左传·文公十八年》："世济其美，不陨其名。"孔颖达疏："世济其美，后世承前世之美。"意思就是后代继承前代的美德，使先贤的美名代代传扬。中国人素来注重功德名节，甚至把它看得比生命还重要，过去朝廷经常通过物质和精神的奖励来彰显丰功崇德，褒扬忠孝节烈，赐修牌坊就是常见的方式之一。济美石坊建于明万历二十八年（1600），是朝廷为纪念和表彰奉新华林胡氏的善行义举，耗费官银三十万两而建造的。华林胡氏是奉新名门望族，开基于南朝刘宋壮侯胡藩，历史悠久，人才辈出，仅宋代就有状元三名、榜眼二名、探花六名，进士及官至刺史、尚书、三公、三少和大学士者为数众多。宋真宗曾题诗赞曰："一门三刺史，四代五尚书。他族未闻有，朕今止见胡。"宋孝宗亦金口称赞："朕笔亲题灿锦霞，满封官职遍天涯。名垂万古应难朽，庆衍千秋宰相家。"济美石坊美在它独特的形制，它是江西省唯一的四方牌楼，全国仅有两座，另一座在安徽歙县。牌楼高9.68米，宽4.28米，每一面的上、中、下楣都雕刻着图画，讲述胡氏家族办学兴教的故事，极为精美，2019年10月被国务院列为全国重点保护文物。可以毫不夸张地说，济美石坊是矗立在赣鄱大地、潦河之滨的胡氏家族的荣誉徽章。然而，如此珍贵的文物，为何会建在远离城镇的荒野？立平兄似乎看出了我心中的不解，指着石坊下游的一片河滩地说："那里就是当年胡氏家族的私家码头，华林书院人员往来，物资运送，全靠这条南潦河。"

华林书院位于华林山东麓元秀峰下，距离稻田村仅仅4千米，是江南古代四大书院之一，与岳麓书院、白鹿洞书院、鹅湖书院齐名，在中国历史上产生过十分重要和深远的影响。华林书院最初是华林胡氏的家族私塾，后发展为华林学舍，华林胡氏俊杰、宋代大教育家胡仲尧将其扩建为华林书院，是一所家族式书院，在中国书院历史文化中具有特殊的地位，培养了大批人才。从立平兄最初拟的"一村五书院，文脉延千年；启航新时代，书香进稻田"，到最终的书屋楹联定稿"钟灵毓秀，立村萃五庠，成就华林玉笏辉北宋；继往开来，平生追一梦，期冀稻田风俗渐南垣"，可以看出，作为稻田村的子孙，"一村五书院"的历史佳话是他心中永远的荣光。历史上的稻田村，私塾教育发达，学制完备，共办有五间书院，南垣书院、郁竹书院相当于初等教育，吟溪书院、车坪书院相当于中等教育，华林书院相当于高等教育。稻田村土地肥沃，灌溉便利，盛产香米，是华林书院赖以生存发展的后勤基地。鼎盛时期的华林书院，入院求学者常达千人，光是吃饭就是一个大问题。立平兄一边领着我踏勘古道、古桥、胡氏祖居遗址，指给我看通往华林书院的山路，一边如数家珍地给我介绍稻田村的点点滴滴。最后，把我引到他的农家书屋休息。

这一天走下来，尽管已是腰酸背痛，我却深深地沉浸在了这个千年古县的文化魅力中。正当我兴味盎然，伸出双手向他表达我最真挚的谢意时，立平兄摆摆手一本正经地说，先别忙着谢我，我已经预先为你布置好了功课。他指着农家书屋侧面的一堵长长的展示墙说，准备把这一堵墙做成文化墙，用来展示本县丰富的历史文化，知道你是特区来的作家，撰写解说词这个光荣的任务就交给老弟你了。

　　唉，这个老家伙，真够狠的，一不小心又上了他的套!

舌尖烟云

藜蒿更比腊肉香

　　"登盘香脆嫩，风味冠春蔬。"在这样一个季节，在这天底下，再也没有比藜蒿炒腊肉更能满足一个江西佬对家乡美食的全部想象和无限神往了。

　　说真的，不是赣鄱人氏，还真的永远理解不了鼻子、口舌、胃腹对藜蒿炒腊肉的那份执念。不仅仅是独特的味道、口感，也不仅仅是奇异的香气，还有那氤氲在一起的对故土乡情的深深眷恋。

　　腊肉自不必说，在头年的秋冬就已经腌制晾晒了。江西人口味重而单纯，嗜咸嗜辣，只要菜肴够咸够辣，就已经具备了成为美食的入门条件。腌制腊肉的方式原始质朴，调料只需粗盐，锅中炒热，将猪肉抹遍，一条条放进陶缸码好即可。入味之后，隔三岔五挂出去晾晾，直至水分尽出，油光泛起。

　　腊肉是当之无愧的百肴之母，无论什么菜，只要配了腊肉炒，腊肉的咸香鲜醇渗入菜中，菜品立刻身价陡增，成为米饭杀手。千万不要以为腊肉只是失去了水分的猪肉，原本普通的猪肉经过粗盐腌制和反复晾晒，肉质已经发生了奇妙的变化，产生了一些特殊的物质，具有了特别的香气和味道。油锅一热，切成薄片的肥腊肉变得莹润透亮，丝丝缕缕的油汁欢快地向锅底汇流。说时迟，那时快，配菜入锅，火焰突起，锅抖勺飞，肉菜共舞，目睫交驰，恍惚间，灶火已熄，菜肴装碟，腊肉系列的美味杂然相陈，直让人馋涎欲滴。

与腊肉搭配的蔬菜中，最特别的要数藜蒿了。藜蒿，学名狭叶艾，又名芦蒿、水蒿、青艾等，野生于湖泊草滩，以江西鄱阳湖为最多。其嫩茎、芦芽和地下肥大的肉质茎均可食用，自有一种特殊浓烈的异香，味道和口感远胜芹菜。《本草纲目·草部》第十五卷记载："藜蒿气味甘甜无毒，主治五胀邪气，风寒湿脾，补中益气，长毛发，久食轻身，耳聪目明，防衰老。"

对于百蔬而言，腊肉是高贵的王子，是绝配；对于腊肉而言，藜蒿则是天界的仙女，同样是绝配。藜蒿的窈窈纤细，生动了腊肉方正呆板的外形；藜蒿的水嫩葱绿，鲜活了腊肉沉闷凝滞的颜色；藜蒿的简淡清新，中和了腊肉的味厚油重；藜蒿的奇香野趣，充实了腊肉的味觉空间；藜蒿的诗文典故，丰厚了腊肉的文化内蕴。于是，两者的完美结合，成就了赣菜史上最经典的传奇：鄱阳湖的草，南昌人的宝！

关于藜蒿炒腊肉的文化渊源，一说来自晋代道教天师和治水大家许逊，一说来自大明布衣天子朱元璋，一说来自唐代大书法家颜真卿。《诗经·鹿鸣》："呦呦鹿鸣，食野之苹……呦呦鹿鸣，食野之蒿。我有嘉宾，德音孔昭。"《诗经·汉广》："翘翘错薪，言其刈蒌。之子于归，言秣其驹。"《诗经·采蘩》："于以采蘩，于沼于沚。"诗里面提到的"苹""蒿""蒌""蘩"，就是藜蒿，是与君子的交游和德音相配的意象。

　　海内外的江西儿女，乡土之思萦绕于怀的时候，脑海里便时时浮出这样一幅诗意的画面：徜徉彭蠡之滨，沐浴骀荡春风，约三五知己故旧，点一盘藜蒿腊肉，开一瓶李渡老酒，畅谈赣鄱旧事，喜看沙鸥翔集……

美食串串

山坑螺焖青头鸭

市面上号称山坑螺的，其实有很多都是假冒的。店家欺负食客不懂，有拿小石螺来忽悠的，也有把钉螺敲掉半截来糊弄的。

在从化区吕田镇田园美食山庄，见识了真正的山坑螺。真正的山坑螺，身量纤巧，小指大小；身形尖长，仿如圆锥；壳薄色淡，脆爽清甜。坑，《玉篇》云："坑，壑也。"广东白话，山坑即山涧小溪，山坑螺就是山涧小溪里的野生螺。在水族世界里，奉行的是"水至清则无鱼"的法则，水越是浑浊，就意味着水中的营养物质越丰富，水生植物越丰茂，水族的食物就越充足。山坑螺则是水族里的清流，完全不能容忍污泥浊水的玷污，誓死不肯为五斗米折腰，宁愿忍饥挨饿也要隐入深山老林，藏身溪流石隙。不过，清流也有清流的软肋，山坑螺的软肋就是鸭脚木。此君有一特殊癖好，喜闻鸭脚木的味道，夜深人静的时候，常常抱着鸭脚木的叶子入眠。没有爱好自然百毒不侵，有了爱好难免被人盯上。好事的村民窥破了天机，便心念萌动，夜间折了新鲜鸭脚木枝叶插入水中，第二天早上就能收获满盆满钵的山坑螺。被暗算的山坑螺纵有满腹的憋屈，此刻也回天无力，只能沦为村民的盘中佳肴。

正因为对生长环境的要求极高，山坑螺至今无法规模化人工养殖，全靠山民在溪涧里觅求，上市数量极少。如此稀罕之物，味道极其清甜鲜美，口感极其脆嫩爽滑，自然不能以饕餮之姿以遗囫囵之憾，必得精烹细调巧妙搭配，以一螺之鲜惠泽百肴而收雨露均沾之效。"山坑螺焖青头鸭"就是最典型的搭配。青头鸭，雁形目鸭科潜鸭属，体圆，头大，头顶有一条青色羽毛，故又称"花头鸭"。野生青头鸭是濒危动物，市面上售卖的青头鸭系人工繁殖饲养。如果说番鸭是鸭界的"东北大汉"，青头鸭就是南方的"窈窕淑女"，身材小巧玲珑，体重最多不超过两千克。青头鸭口味清奇，专以河湖蚬仔、鱼仔、虾为食，肉多骨脆，肉鲜嫩而少油，纤维多而不膻，富含蛋白质、钙、磷、铁和多种维生素，具有很高的营养和药用价值。鸭以螺而萃鲜，螺以鸭而增美。

山坑螺搭配青头鸭，真是一场妙不可言的相遇，就像两位意趣相投的雅人聚在一起，碰撞出关于美食的绚丽火花。

山坑螺河鱼煲

水族和禽类的碰撞，可以演绎出美食界的传奇；水族和水族的联袂，也可以成就美食界的佳话。

山坑螺在美食界的地位，犹如鸟鸣之于春天、光影之于绘画、包袱之于相声，每每能收点睛之效。与鸡精不同，鸡精虽能提鲜，本身却无内涵；与上汤也不同，上汤虽有内涵，却只能替人作嫁。山坑螺呢，本身可吸可嗄，自成韵味；烹煮为汁，又可以鲜及百家。

河鱼是个统称，并无特定指称，实质内容全由各地自行填充，大体上都倾向于野生而非家养的小杂鱼。吕田镇的山坑螺河鱼煲，选用的是吕田河里的马口鱼。马口鱼俗名花杈鱼、桃花鱼、山鳒、坑爬、宽口、大口扒、扯口婆、红车公。马口鱼多生活于山涧溪流中，尤其是在水流较急的浅滩，底质为砂石的小溪或江河支流中，是一种杂食性偏肉食淡水鱼。马口鱼口大唇薄，生性机敏，不易上钩，上钩了也容易脱钩。如果说身形优美的鲮鱼是鱼族里的体操王子，那么马口鱼就算得上是鱼族里的白雪公主了，从头到尾一圈圈的蓝色环纹煞是抢眼，让人一见倾心。马口鱼刺少肉嫩，味道鲜美纯净，是不折不扣的原生态绿色食品。

这道菜采用瓦煲烹制，山坑螺铺于煲底，马口鱼覆于螺上。随着热力的聚集、上升，山坑螺的鲜味被逼出，与蒸汽一起不断地向上升腾，反复渗透进马口鱼肉之中。马口鱼肉的鲜甜之气在瓦煲盖顶受阻遇冷，又化为汤汁，点点滴滴又滴回煲内。如此反反复复，螺之鲜美与鱼之鲜美融为一体，倍增其鲜美。关火之后，撒入一把葱花，盖盖，上桌，再揭开，满室飘香。举箸在手，不忍下箸，瞻顾良久以极耳鼻之娱，然后再来满足口腹之需。

品鱼，嗄螺，饮酒，谈天，阳光从花架上洒下来，清风从疏篱间穿过，匆忙的岁月变得缓慢而悠长，庸常的生活变得美好而隽永。

藠头苗炒苦笋

　　食材的配伍是件很奇妙的事情，有美美与共，相得益彰的；有阴阳协理，相生相克的；有以毒攻毒，剧情反转的。

　　前者如鱼羊成鲜、小鸡炖蘑菇之类，中者如凉瓜牛肉、牛腩萝卜之类，后者如芥末对鱼生、芫荽配腥膻之类。在吕田镇街，一听店家报出藠头苗炒苦笋的菜名，立刻产生了强烈的好奇心，因为这种搭配超出了我对食材配伍的固有认知。

　　苦笋在岭南并非稀罕之物。上市的时候，在市场，在街边，一桶桶，一盆盆，用清水泡着的笋片，基本都是苦笋。苦笋有两个很有意思的别称，一个叫甘笋，一个叫凉笋。甘和苦，本来是一对反义词，用在同一种笋身上，脑洞有点大，倒也吻合"苦尽甘来"的感观错觉和人生况味。寒、热、温、凉源自传统中医药学理论，味苦的食材，一般都是寒凉性质的，以凉笋称苦笋有十足的理论支撑。岭之北所谓苦瓜，到了岭之南，就变成了凉瓜，既反映了粤人避讳的心理，也承继了中医药之物性说。苦笋长于山野，笋肉质地脆嫩，笋色白中带绿，笋味苦中泛涩，以春末出土的笋苞为最佳。《本草纲目》有载，以为此物可以清热解毒，健胃消食，活血祛风。然味觉之天性，嗜甘恶苦，喜香厌臭，"自找苦吃""追腥逐臭"者终归异类。

　　藠头与葱、蒜、韭同类，都属于有强烈异味，令清雅之士敬而远之的食材。藠头，百合科，葱属，叶细长，开紫色小花。嫩苗可食，多用于煎鸡蛋，炒腊肉。地下鳞茎个大肥厚，洁白晶莹，辛香嫩糯，多腌制成酱菜，小食、佐粥皆宜。

藠苗恋上苦笋，葱绿搭配嫩白，点缀圈圈红椒，就是一幅清新可人的田园图画。苦则苦矣，辛则辛矣，对于饱尝了人生冷暖的中年男来说，眼前的这一碟农家小炒，不正是一部值得反复回味的人生回忆录吗？

楼顶风光四时新

我住在宏发嘉域公租房，偶尔奉家领导之命，在不同季节，不同时段，上楼顶晾晒被褥，种种见闻感受汇聚起来，别有兴味，自觉风光无限。

周末上楼顶，恍如来到国际会场，参加国际会议，"会场"飘扬着"万国旗"。辛苦工作了一星期，得趁着周末阳光灿烂的好天气，拆洗拆洗被褥，晾晒晾晒压箱底的衣服。一大早，主妇们就开始忙碌起来，吆三喝四，指五挥六，把洗衣机开得天响，洗完一筒又一筒。把男人和小孩从被窝里扯出来，指使他们干这干那。上楼顶霸位的工作非他们莫属，睡眼惺忪，高一脚低一脚，大盆小桶往楼顶赶，生怕晚一步就错过了好位置。公租房嘛，两梯八户，在工作日已经够挤的，一到周末就更挤了。有端盆拎桶的，有肩扛手抱的，有父子抬着晾衣架的，有夫妻扭着团花被的。找好位置，抻抻被角，抖抖衣裤，搭上去，五颜六色，随风轻摇，单调的楼顶立刻变得生动起来。买衣服是女生的最爱，粤版的，港版的，韩系的，日系的，欧美风的，买回来也未必爱穿，在箱底压久了总得拿出来见见阳光，搭上来，看过去，多姿多彩，争妍斗艳。

饭点上楼顶，又是另一番景象。整栋楼的厨房排风口都是通往楼顶的，只要一开火，家家户户炒菜的味道就都汇集到了楼顶。那油炸干辣椒呛得鼻子冒烟两眼流泪的，不是江西的就是湖南的，不是湖南的就是四川、重庆的，反正呀，他们是一个不怕辣，一个辣不怕，一个怕不辣。那火老汤靓，浓郁鲜香中夹杂着淡淡草药香的，肯定是"最爱日日煲靓汤"的老广街坊了。那酸笋不嫌臭，煮粉放一点，炒菜放一点，让人既恨又爱，欲罢不能的，必定是来自八桂大地的朋友。那火功独擅，既鲜又辣，油重色浓，似是打翻了酱油瓶的，想必是来自白墙黛瓦的徽州人家。煎饼飘香，大葱冲鼻，猪头肉，牛肉渣，香炸小黄花鱼儿，干湿软硬荤素各式咸菜硬顶上，就是给他满汉全席都不换的，当然只有老山东了。各种炖，小鸡炖蘑菇，猪肉炖粉条，羊肉炖酸菜，牛肉炖土豆，排骨炖豆腐……实在找不出大料，就各种杂碎、配料一锅乱炖，只有你想不到没有他炖不来，谁叫东北那旮旯白毛风刮得嘎嘎冷！

春节上楼顶，简直就像走进了农贸市场。空中挂着的，是各种颜色、各种风味的腊鸡、腊鸭、腊肉、腊鱼、腊香肠、腊牛肉；地上晾着的，是各地出产、各色品种的黄豆、绿豆、红豆、黑豆、花腰豆、罗汉豆。还有那清香扑鼻的梅菜干，捆扎整齐的五指毛桃根，切得细细的白辣椒，压得扁扁的明笋干，还有各种干果、蜜饯，用五花八门的器皿装着，摆在能晒到阳光的地方。深圳是个移民城市，本地居民所占比例极低。来自全国各地的深漂们，就像候鸟一样，一到大节假日，就带着妻子儿女飞回老家看望父母亲人。老家的亲人呢，也早就在巴望着这一天，提前很多天开始准备、囤积这些山货、干货、腊味。比如鸡啊鸭啊，得至少提前半年进鸡苗鸭苗，然后一天天养大催肥，宰杀腌制风干又得花上十天半个月。比如那些明笋干，在头年三四月采挖回来，煮熟，压水，晒干，也是一个漫长的过程。等到"候鸟"们再飞走的时候，亲人们除了不能把自己塞进后备厢外，其他的都一股脑儿往里塞，后备厢塞不下了就往车顶上塞。

站在楼顶向四周眺望，看得见地铁六号线在高楼大厦间往城市中心区延伸，看得见茅洲河在花草树木的陪伴下奔向大海，看得见大街小巷川流不息的车辆、络绎不绝的行人，看得见挖机穿梭、塔吊林立、打桩机起起落落。地平线之外，则是深漂们的出生地，遥远的故乡。

从四面八方漂来这座飞速发展的城市，结成各种各样的社区，把自己的命运和这座城市的命运紧紧联系在一起，可以清楚地看见自己的过去、现在和未来。

崖口，一饭成名天下知

能以一煲饭而闻名天下，让我这个外乡人不惜自驾几个小时，横跨浩渺的伶仃洋，而来一饱口福的，崖口村是头一份。

这个崖口，不是江门市新会区那个在古代曾经发生过亡宋大海战的崖口，而是中山市南朗镇崖口村。崖口村位于中山市东南部，毗邻珠江口的伶仃洋，是一个有七百多年历史的老村。

煲仔饭原本不是崖口专属特色，但崖口硬是把煲仔饭做成了自己的特色招牌。煲仔饭系广府特色，源出广州，是指用砂锅烹煮的米饭，广东称砂锅为煲仔，故称煲仔饭（也叫瓦煲饭）。无从得知崖口煲仔饭起于何年何月，只知道崖口今天的煲仔饭已经相当火爆，火爆到一到周末就车水马龙找不到停车位，火爆到点餐的人大排长龙要等上一两个小时才能吃到那煲网红饭。

对于一煲优秀的煲仔饭来说，好米无疑是她的筋骨，是她优秀的根基。崖口村有3000亩的水田，土壤肥沃，灌溉便利，所产油黏香米米粒细长匀称，质地饱满，色泽莹润。用崖口香米煲出来的米饭，米香浓郁，口感绵糯，有嚼劲，越嚼越甜。美食一条街的内侧就是大片的稻田。从灌水养田，到秧苗初绿，到稻花飘香，再到金灿灿的稻浪绵延到远方，甚至等到田野间只剩下光秃秃的稻茬，麻雀在枯黄的稻茬间跳跃，觅食，一年四季，广袤、壮阔、生动的稻田美景都能带给食客们大快朵颐之外的精神享受。如果你运气足够好，正好赶上飘色巡游，看见长长的队伍在油绿的稻浪之间蜿蜒，彩幡飘飘，红男绿女在色柜上颠簸跳跃，心情该是何等兴奋与激动啊！

在热气腾腾、香气扑鼻、晶莹雪亮的米饭上面，腊味海鲜、鸡鸭鱼肉、时鲜菜蔬丰盈生动着煲仔饭的血肉肌肤。崖口村地肥水美，百姓勤劳，物产丰饶。沿街摆卖的农产品琳琅满目，价平质优。农家散养的家禽家畜自由觅食，健康肥美。崖口靠海，美食街外侧就是一条直通伶仃洋的大涌（chōng）。大涌潮涌，红树林郁郁葱葱；水波潋滟，白鸥鹭上下翻飞。店家的大棚搭在大涌边上，你可以一边品尝美味，一边欣赏大涌湿地风光。码头就在涌边，机帆船进进出出，把从外海捕捞的鱼获送到店家。河涌里或许还沉着虾笼，拎起来，生猛的虾仔活蹦乱跳。潮水退去，乌黑的滩涂上跳跳鱼拍打着圆鼓鼓、滑溜溜的身子划出长长的泥线。崖口更有三千亩的鱼塘，养殖的水产品畅销大湾区。配菜好吃不贵是崖口煲仔饭火爆的秘诀之一，五十多种菜肴任选四种荤素搭配，可以变换出无数种组合，价格20元，怪不得食客们百吃不厌，常吃常新。

崖口煲仔饭的灵魂一定是那精心调制的浇汁，洒几滴下去，美味的汤汁层层渗透，再借着砂煲的热力汽化升腾，氤入每一粒米饭当中。清新的米饭香、鲜浓的配菜香、独特的酱汁香氤氲在一起，诱惑着你的嗅觉，催动着你的口津，腐蚀着你的矜持。一番风卷残云之后，等待着你的不是谢幕，而是跌宕之后的另一个高潮，是咀嚼，是回味，是沉淀，是大起大落、大喜大悲，是繁华落幕之后的百感交集和恍然大悟。北方人口中的锅巴，南方人口中的饭焦。是焦黄，不是焦黑。是恰到好处的有心淬炼，不是手忙脚乱的无奈苟且。是水到渠成的尘埃落定，不是言不由衷的最后陈词。用匙羹沿着煲壁刮下去，翻起来，片片焦黄，缕缕焦香。

就像日落时分的崖口外海，昏黄的晚霞把海面染得昏黄。海面插着的那一排排木桩就是你心里挥之不去的梗，你就是那个撑着小船逆风而行的赶海人，夕阳把你的影子拉得老长，投在你的身后。

闲情雅趣

《装台》：用初恋之心面对虐人生活

　　记不得哪一年，曾经很认真地读完了陈彦的长篇小说《装台》。

　　现在，尽管看得有一搭没一搭，只要一打开电视，我就一定要先找找哪个台在放张嘉益主演的《装台》。

　　从个人的阅读嗜好和影视趣味来说，我比较热衷于有历史纵深感的大题材，比较沉迷于带有揭秘性质的谍战悬疑片，喜欢那种被紧张的悬念吊足胃口、被火爆的剧情刺激得肾上腺素飙升的感觉。因此，连我自己也觉得迷惑不解，我居然有耐心看完这样一部以琐碎生活为题材的作品。

　　然而，真实的生活就是这样，不但很琐碎，而且很虐人——一千遍一万遍地虐。

　　装台这个行业，在整个演艺生态链里，就属于最底层、最末端的。不要说大明星、大导演、剧团领导，就是一个小小的铁主任，油水没到他手上，接了定金的活儿都没法往下干。那么，秦腔团呢？看起来很高端，很大气，很上档次吧？可是没有了财政拨款，每人每天20元的排练补贴都发不出，全国调演的节目都没办法排练，最后还得靠大款捐款100万元来解燃眉之急。

剧中主角刁大顺，就是个装台的，更准确地说是领着一帮人装台的，相当于一个小包工头。这是个尴尬的角色，对上对外都得仰人鼻息，四处赔笑脸，以招揽生意；对下对内，又要靠他那张长年用人品、性格打造的"顺子哥"金字招牌，维系兄弟们对他的尊敬与信任。简单地说，就是只准别人虐他，不许他虐别人。这是命运本身给剧中人刁大顺的设定，尽管这与他的人生理想相距甚远。他的人生理想，就是能够像退休干部一样，看看报，喝喝茶，每月工资照拿。可惜，忙乎了大半辈子，依然与他的理想人生无缘。既然生活的逻辑就是让他做个装台人，那除了好好装台，他还能有什么非分之想呢？

事业如此，家庭生活又能怎样呢？三次婚姻，三任妻子，第一任妻子跟人跑了，给他留下了大女儿刁菊花；第二任妻子得癌症死了，给他带来了小女儿韩梅；第三任妻子蔡素芬漂亮温柔，但原本可以和谐温馨的家庭生活却被心理扭曲的刁菊花折腾得一地鸡毛。两个女儿，尽管顺子都将她们视同己出，但大女儿又丑又懒脾气又坏，处处跟顺子对着干；小女儿也因种种顾虑和不堪，把自己嫁入深山，连结婚这种大事都没有告知养父。亲哥哥刁大军有钱的时候看起来风光无限，人五人六的；落魄起来，家财散尽，贫病交加，要靠顺子来养老送终。

虐人的生活对刁大顺是如此苛刻，可是刁大顺却从来不打算跟生活翻脸，就像电视剧的歌词里所唱的那样：……他们笑我啥都不懂/我说这叫不跟生活认怂/生活虐我千遍万遍/我待它如同初恋/高高地扬起我的脸/不懂就问问苍天/生活虐我千遍万遍/我待它如同初恋/舒坦自在地活着/憨憨地眯起了我的眼。这倒不是因为他"瓜"，也不是因为他"尻"，而是因为在他的逻辑里生活本来就是这样。生活不会因为你的抱怨就变得更好，也不会因为你的背叛而变得顺从，与其强拧着让自己不痛快，倒不如好好活着，好好珍惜生活中种种唾手可得的幸福与美好。"好着呢""美着呢"是顺子的口头禅，也是顺子人生观的直白宣示。

真心赞美一下张嘉益的演技，那真是演啥像啥，演急诊科医生温文尔雅，演白嘉轩腰杆挺直，演刁大顺皮糙肉厚一脸憨样儿。尽管《装台》走的不是偶像路线，但有了张嘉益，整部剧的味儿就是不一样。

对于处在热恋中的人来说，因为爱上一个人从而爱上一座城是很常见的事情。同样，对于追剧的人来说，因为爱上《装台》这部剧从而迷上西安这座城市，也在情理之中。

从《装台》的走红，我依稀记起三十年前万人空巷追《渴望》的情形，深感在咱大中国，从来就不缺追剧的人，缺的永远是像《装台》这种能号准老百姓脉的好剧。

鹤兮归来

　　东坡这位文艺大叔，在很多国人的心中，是一种特别的存在。这种"特别"当然是比较出来的。老庄太玄幻，屈平太絮叨，太白太仙气，子美太苦闷，放翁、稼轩一天天地念叨着北定中原，欧阳文忠公一副文坛大哥的派头，范文正公的"先忧后乐"常常让人自惭形秽。东坡呢，正好，能进也能退，懂文艺也懂生活，是能治愈的小可爱。

　　治愈和可爱是属于别人的，于仕途坎坷的东坡而言，来自政敌的迫害像幽灵一样紧紧地纠缠着他，现实的窘境远不似他的诗词那样风轻云淡。黄州、惠州、儋州，被贬之地一个比一个遥远，一个比一个荒僻。虽然头上还顶着乌纱帽，但实际的处境和地位与被流放的政治犯无异，而"不得食官粮、不得住官舍、不得签公事"的三道禁令，不仅让他在政事上难以施展，甚至连日常生计都捉襟见肘，难以为继。然而，政治上的打压、生活上的困窘对于东坡这样的天生的乐天派来说，委实也算不了什么，向来闲不住的他，哪怕泰山压顶，照样该做做，该写写，该吃吃。

　　惠州是东坡的再贬之地。作为粤东重镇，惠州素有"岭南名郡""粤东门户""半城山色半城湖"之誉。今天的惠州，高楼林立，车水马龙，华灯璀璨，俨然现代化的大都市，然而在有宋一朝，毕竟偏处瘴疠盛行的岭南，经济不发达，台风、水患频仍。自绍圣元年（1094）十月二日来惠，至绍圣四年（1097）四月十九日离惠赴儋，东坡寓惠凡两年七个月，共900多天。900多天，对于一个心系黎民、勤于王事、政务娴熟的人来说，足够干成很多事情，即便他已经年届花甲，即便他掌握的行政资源极其有限。修东、西新桥，筑苏堤，建营房，教水碓，推秧马，施汤药，瘗枯骨，行钱粮二便法，引蒲涧山水入广州……或出谋划策，或鼎力襄助，或亲力亲为。资金不济、工程停工之时，捐出身上最值钱的皇帝赏赐的犀腰带，甚至致信远方的弟弟子由，动员弟媳史夫人捐出内宫赏赐她的黄金数千。

彼时的惠州，虽然荒僻，虽然落后，但对东坡这样的名动天下的文化人，是敬仰和爱戴的。"仿佛曾游岂梦中，欣然鸡犬识新丰。吏民惊怪坐何事，父老相携迎此翁。苏武岂知还漠北，管宁自欲老辽东。岭南万户皆春色，会有幽人客寓公。"（《十月二日初到惠州》）弃舟登岸，初次见面，惠州父老乡亲的热情友善就给东坡留下了深刻而美好的印象。惠州城优美的山水形胜更是让东坡欣喜不已，以至于疑心自己来到了蓬莱仙境："海上葱昽气佳哉，二江合处朱楼开。蓬莱方丈应不远，肯为苏子浮江来。"（《寓居合江楼》）同僚故旧的庇护关照，文朋诗友的殷勤探视，侍妾家人的悉心照顾，士人百姓的倾情爱护，山川风物的慷慨馈赠，无一不让落魄中的东坡心情熨帖而诗情涌动。据统计，寓惠期间东坡创作了580多首（篇）诗词、散文和序跋，内容涵盖在惠生活的方方面面。综观东坡一生，存词362首，存诗2700多首，传世文章20多篇，总数逾3000首。相较而言，寓惠期间即便不是他创作的鼎盛时期，也是他创作力比较旺盛的时期。这些物我相契、率性本真的文学作品不仅丰富了东坡的创作，也是回馈惠州父老乡亲的宝贵文化遗产。

作为资深吃货，东坡也把他吃的境界提升到了新的水平。大家所熟知的《惠州一绝/食荔枝》一诗即作于此时："罗浮山下四时春，卢橘黄梅次第新。日啖荔枝三百颗，不妨长作岭南人。"作为新岭南人，东坡不可能不知道荔枝多食上火，倘若真的"日啖荔枝三百颗"，第二天必得喉肿牙疼。上火就上火，有什么所谓呢，心里窝的火还少吗，大不了以火灭火、以毒攻毒。买不起羊肉吃，没人肯要的羊脊骨总是可以买几根的，煮一煮，腌一腌，烤一烤，居然可以吃出螃蟹的味道，美其名曰"烤羊蝎子"。住不稳合江楼，住嘉祐寺总是可以的，嘉祐寺再住不了，大不了在白鹤峰觅一块地盖几间茅草屋。对于一颗伟大的灵魂来说，天地虽大，只要能安放一张床榻就好。

据《三才图会·白鹤峰图考》载："白鹤峰，在惠州府之东，连山盘错，江水旋绕。苏东坡谪惠州时，所居宅也。有思无邪斋，德有邻堂。左右有朱墨二池。中祠公父子兄弟之像，外古榕数株，积翠如云，荫覆隆密可爱。"东坡知道自己北归无望，打算终老惠州，遂耗尽资财，在白鹤峰筑巢而居，誓将小日子悠游地过下去。"白头萧散满霜风，小阁藤床寄病容。报道先生春睡美，道人轻打五更钟。"（《纵笔》）

唾面自干是一种自虐以顺人的高明之举，然而东坡再聪明，再有识见，也看不穿人性的黑暗之井到底有多深。他不明白的是，他的每一分欢悦和超然，都是扎向政敌内心的钢针，针针见血，恨恨难消。恨恨难消的结果只有一个，就是一脚把他踢到天涯海角，让他从此再也笑不出来。更让东坡痛断肝肠的是，天妒人欢，爱妾王朝云不幸在惠染病去世。来自命运的双重锤击，让一个落魄的花甲老人情何以堪！

"一自坡公谪南海，天下不敢小惠州。"东坡千年遗风，对惠州的渐染之力是如此之深，以至于惠州的一山一水、一草一木都散溢着浓郁的文化气息。徜徉在白鹤峰东坡祠景区，东坡故居、翟夫子舍、林婆酒舍、池墨沼、三贤祠、松风亭、娱江亭、招鹤亭、睡美轩……时时处处能感受到东坡的气息与风韵。在德有邻堂，身穿保安制服的大叔，轻拢慢捻，抚琴而歌，琴韵婉转悠扬；在娱江亭前，手持耳麦的导游小妹，舒展歌喉，吟诵东坡诗词，平平仄仄，入情入境。

东坡一去如鹤，唯留诗魂陪伴着这千古江山地老天荒。站在娱江亭上，俯瞰着山下的东江水缓缓西去，心中涌起的是无尽的历史沧桑。

如果我是保安大叔，也能操琴而歌，必定自度并高歌一曲《鹤兮归来》！

光明建筑之美

艺术都是相通的。"味摩诘之诗，诗中有画；观摩诘之画，画中有诗。"（宋·苏轼《东坡题跋·书摩诘〈蓝田烟雨图〉》）哲人们也常说："建筑是凝固的音乐，音乐是流动的建筑。"

黑格尔曾经这样解释二者的关系："音乐和建筑最相近，因为像建筑一样，音乐把它的创造放在比例和结构上。"柴科夫斯基也说过："伟大的音乐家在大教堂绝顶之美的感召下写成的几张谱纸，为后人树立了一座刻画人类深刻内心世界的，犹如大教堂本身一样的不朽丰碑。"

对于一座城市来说，建筑就是她呈现给外来者的第一印象，是她递出去的第一张名片，代表着这座城市的形象、气质与灵魂。优秀的建筑艺术不仅让走进这座城市的人得到一种视觉上的愉悦，还能通过她的建筑语言唤起人们内心的精神追求和文化认同，从而潜移默化润泽着人们的心灵。

光明区地处深圳西北部，有优越的自然环境，有独特的地域文化，有丰富的名优特产，一直以来都是深圳市民休闲游玩、品尝美食的好去处。尤其是"光明三宝"——乳鸽、牛初乳、甜玉米，更是享誉全市乃至珠三角的响当当的招牌美食。如今，随着"世界一流科学城"和"深圳北部中心"建设工程的快速推进，昔日的"关外农庄"也旧貌换新颜，正在蜕变成现代化的新城区。一幢幢设计精巧、造型独特、充满艺术灵气的大楼拔地而起，优美的脊线像律动的音符在城区上空飞翔，把空旷、邈远的天空装点得如诗如画。

光明之眼——智慧的魅惑

眼是重要的器官，是心灵的窗户，"巧笑倩兮，美目盼兮"，在一顾一盼、目光流转之间，传递出无限风情。

眼睛的作用是如此重要，以至于古往今来人们赋予它极其丰富的文化意义。佛家有"五眼"之说，《茶香室三钞·佛肉眼见四十里》："佛氏五眼：一曰肉眼，二曰天眼，三曰慧眼，四曰法眼，五曰佛眼。""独具慧眼""入得了法眼"成了识人者和被识者所追求的至高境界。基督教亦有所谓"普罗维登斯之眼（Eye of Providence）"，又称"上帝之眼"（全视之眼），象征着上帝监视人类的法眼。古埃及神话中鹰神荷鲁斯的眼睛，右眼象征完整无缺的太阳，具有远离痛苦，战胜邪恶的力量；左眼象征着残缺的月亮，具有分辨善恶、捍卫幸福的作用，有复活死者的神奇魔力。央视《秘境之眼》栏目，通过保护地布设的红外相机和远程摄像头，把观众带入高山、密林、湿地、荒漠的秘境，去窥探生命的奥秘。

在光明，也有这样的神秘的眼睛，那就是光明市民的网红打卡地"光明之眼"。

"光明之眼"是人们对光明公共文化艺术中心的昵称，因该建筑群正门入口设计成眉眼的形状而得名。光明区公共文化艺术中心位于观光路与牛山路交界处，建筑面积达38 000平方米，呈回字形布局，主体由图书馆、美术馆、演艺中心、城市规划展览馆、文化综合区五大功能区块组合而成，具有鲜明的岭南叠院风格。中心内部建筑可圈可点之处甚多，然而最受人们青睐、追捧的，还是她的正门入口。中心正门摒弃了传统建筑端正、庄严、对称、雄伟的设计思路，独辟蹊径采用了非对称的眉眼式设计。整个入口从左到右，上方是渐挑渐高的门楣，像极了古代仕女的蛾眉；下方的门洞，是半个椭圆，在门外人工池的反光映照下，活脱脱一只美女的丹凤眼。夜幕降临之后，门洞的圈圈灯饰点亮，"光明之眼"熠熠生辉，顾盼多姿，令人心旌摇荡，极具魅感力。文化、艺术、图书都是人类文明的精华，代表着人类精神生活和智力创造的高度，隐藏着人类思维的全部奥秘。以富有魅感力的"光明之眼"，将广大市民引进文化艺术的神圣殿堂，这一设计思路体现了设计者的良苦用心和美好愿望。

更奇妙的是，随着立足点的挪移，"光明之眼"会呈现出不一样的形状。正对门洞，看到的是美女的丹凤眼；往左右两边挪移，看到的却是张开双翅、跃跃欲飞的雨燕。"燕燕于飞，差池其羽"，"燕燕于飞，颉之颃之"，"燕燕于飞，下上其音"，这样一幅雨燕春风图是不是让人感到特别清新呢？

政务中心——旗舰的力量

"大鹏一日同风起，扶摇直上九万里。"（唐·李白《上

李邕》）

大鹏鸟的形象来自庄子的《逍遥游》。"北冥有鱼，其名为鲲。鲲之大，不知其几千里也；化而为鸟，其名为鹏。鹏之背，不知其几千里也；怒而飞，其翼若垂天之云……鹏之徙于南冥也，水击三千里，抟扶摇而上者九万里，去以六月息者也。"庄子以他雄奇大胆的想象、汪洋恣肆的笔调，为我们描绘了大鹏鸟的形象：它身形硕大无比，变化神奇莫测，有排山倒海之力，奋发进取，敢于开拓，理想高远，象征着不拘的灵魂、自由的精神。正因为如此，"鹏"成了汉语词汇中表达美好祝愿的金词，如"鹏程万里""鹏抟九天"等；鲲鹏也成了诗人笔下钟爱的意象，借以舒张自己不屈的灵魂、远大的抱负。深圳之得名"鹏城"，固然与大鹏所城有密切的关系，但敢想、敢试、敢闯的特区精神也确实与大鹏鸟的精神气质高度契合。

光明政务中心是光明区党委、政府所在地，党和政府承担着领导和管理全区政治、经济、文化、社会等各方面建设事业的重任，其重要性不言而喻。政务大楼作为办公地和服务场所，以便利群众办事为原则，不必追求高端、大气、奢华，但可以有也应该有文化内涵和精神追求。

光明政务大楼继承了中国传统的鹏文化，凸显了特区人开拓进取、奋发有为的精神。整幢大楼的造型犹如一艘巨大的旗舰，只见它舰艏高昂，劈波斩浪，威武前行。大楼底部的裙饰，是大跨度的波浪形弧线。近看，你可以理解为海浪，浪花簇拥着巨轮；远看，你可以理解为鲲鹏，鲲鹏托举着旗舰。此刻的大鹏鸟，蹲踞于地，双腿紧收，两翅张举，积聚着全身的力量，在等待着爆发的时刻。"此鸟不飞则已，一飞冲天；不鸣则已，一鸣惊人。"（西汉·司马迁《史记·滑稽列传》）大楼正前方，是巨大的市民广场。楼身正中，国徽高挂；广场正中，国旗高扬。每逢集会，站在广场远眺大楼，感受到的是大鹏鸟展翅高飞的豪迈、壮美。大楼背面，近山临路，方便办事群众进出。站在路边仰望大楼，但见舰舷外展，巨轮起航，感受到的是一种时不我待、只争朝夕的紧迫感。

光明区虽然设区较晚，起步较迟，但后来者自有她的后发优势，我们需要的是信念、力量与精神。或许，这正是大楼设计者的初衷？

科技公园——几何的奥秘

数学是一门奇特的学科，是对大千世界数量与图形关系的抽象，使人类对世界的认知进入一个新的阶段，正如笛卡儿所说："数学是一种理性的精神，使人类的思维得以运用到最完善的程度。"

譬如几何，通过对点、线、面、体的抽象、概括、推导，揭示了图形王国的奥秘，使人类可以运用几何思维和几何语言来分析和建构各种图形模式。这一思维工具的掌握，给各个学科领域都带来了革命性的影响，特别是绘画和建筑。几何原理、几何工具、几何语言、几何图形几乎成了美术家、建筑师须臾不可或缺的东西。

左岸科技公园位于北环大道和公常路交会处，是茅洲河治理工程的核心，是自然、科技与人文相融合的典范之作，是宣示光明区"科技兴区"战略的示范窗口，也是光明市民周末打卡的网红地标。公园占地808万平方米，由彩虹廊桥、观光桥、科技展厅三部分构成。彩虹廊桥采用双螺旋结构，立体感十足，敷以蓝、绿、橙三种颜色，蓝绿代表生态，橙色代表科技。漫步于廊桥，欣赏着茅洲河的美景，所有的伤痛都可以治愈。观光桥采用轻便的V形结构，横跨茅洲河上，沟通此岸与彼岸、空中与地面，方便市民朋友观光赏景、亲近自然。科技展厅外部采用一系列三角造型，既像一顶顶"科技帐篷"，又像一面面"科技风帆"，在橙黄色灯光的装饰下，显得特别潮流，特别炫酷。

整个公园的设计，充分运用了几何图形，风格简洁、明快。实体建筑多采用轻钢结构，辅以智能化照明设备，既有可视感，又有治愈力。

脚踏大地，仰望苍穹，能连结大地与天空的只有建筑。松白路、茅洲河纵贯南北，光侨路、光明大道横跨东西，地铁六号线盘马弯弓，地铁十三号线破空而来，红花山居中高耸，大顶岭、凤凰山东西列峙，科学城已然成形，中心区蓄势待发。在光明这块大棋盘上，规划的蓝图已经绘就，就等着优秀的建筑师们来精雕细琢，就像绣花一样，让城市的每一个角落都变得美轮美奂。

我期待，在不久的将来，我能够用我稚嫩的笔，将"光明建筑之美"的大文章，一篇又一篇地写下去。

2022年新年梦想

我梦想，山的尽头是海，海的尽头是天，天的尽头还有一个我不知道的广袤的世界。

我梦想，把浩瀚的宇宙收纳于掌心，把悠久的历史贮藏于史册，把文明的精华拷贝成书页，把微妙的人心雕刻成文字，握住书本就握住了人类的命运，打开书本就打开了人类的未来。

我梦想，有一双神奇的眼睛，可以透过历史的团团迷雾探求真相，可以穿越万水千山的阻隔看到风景，在一粒沙里看见整个世界，在一刹那间看见永恒，矫饰的外衣一层层剥落，氤氲的诗意一缕缕升腾。

我梦想，有一颗敏感而悲悯的心，悲落叶于劲秋，喜柔条于芳春，与天地兮同悲，与兆民兮同喜，柔软的夜风唤醒我远古的记忆，蟋蟀的低吟牵扯我寸断的肝肠。

我梦想，有一支神奇的笔，撬开隐秘的坚冰，还原真实的场景；探入幽微的人心，鉴识人性的善恶；突破庸常的阻碍，发掘平凡的美好。不求惊天地，不求泣鬼神，坚守本心，舒张性灵。

我梦想，能领着一群孩子遨游在书山文海，读《诗经》，诵《楚辞》，领略唐风宋韵，品味诗词歌赋。东方古国，文脉绵长；西方文坛，名著飘香。谈莎翁，议诺奖，情牵《悲惨世界》，恨消《百年孤独》。

现在，梦想的鸟儿栖息在绮明的枝头，正在用她动听的鸣叫，唤醒黎明，唤来春天。

在文字的王国里做一个神奇的魔术师

——"六一"儿童节写给孩子们的话

时光的快速列车又把我们带到了新一个"六一"儿童节，生命的相册又翻开了崭新的一页，也一定会记录下更多的精彩瞬间！

作为一个语文老师、作协会员、文学社指导老师，我对小朋友们的期待是，希望我们每一位小朋友都成为美丽方块字的传承者、使用者、创造者。

老祖宗留给我们的方块字是如此美好，如此神奇，如此博大精深！每一个方块字都是一幅鲜活的生活图画，都珍藏着我们民族传统文化的秘密，生动体现着我们民族的思维特质，具有独特的平仄韵律之美，也催生了无数优秀的文学作品。

生而为中国人，以中文为母语，浸淫在汉字的世界里，是一种幸运，一种荣光，一种幸福！

我们要做一个优秀的传承者。语言文字的习得，来源于对经典、规范的中文作品的广泛阅读，来源于对鲜活的口头语言的领悟吸收，来源于自己对语言文字的敏感和细心揣摩。这就要求我们多阅读，阅读那些经过时间淘洗的最优秀的文学作品；多聆听，聆听那些在实际生活场景里闪光的金句；多揣摩，揣摩每一个汉字的奥妙。

我们要做一个优秀的使用者。语言文字的生命力在于使用，常用常新，愈用愈妙。使用分两个层次：一是功能性使用，二是艺术性使用。功能性使用重在准确、规范，艺术性使用重在生动、传神。语言文字只有在自觉的文学抒写中才能臻于艺术的佳境。换句话说，就是只有经常拿起笔来，自觉进行文学创作，才有可能真正掌握好语言文字。

我们要做一个优秀的创造者。当我们拿起了笔，成为自觉的写作者，成为文学爱好者，文字在我们的笔下就有了无限的可能性。每一个字都是思维的起点，可以把我们导向无数个方向。文学写作可以最大限度地激活我们的想象力和创造力，天地万物都成了我们笔下可供任意驱遣的对象，加工，变形，重组，生发……直至变成我们满意的样子。

深圳是校园文学的高地，为你们提供了展示文采的广阔舞台。《特区教育·中学生》《红树林》《深圳青少年报》长期刊登孩子们的优秀作品，"深圳市校园十佳文学少年评比""深圳市青少年文学创作大赛""鲲鹏青少年科幻文学奖"等大型文学赛事发掘了一大批有潜力的小作家。

小朋友们，当你真正成为文字王国里那个神奇的魔术师，你将不断地成为新的经典！

与狼共成长

——评美国电影《阿尔法：狼伴归途》

人与动物、人与自然是电影界一个永恒的主题，本来见惯不怪，但由艾尔伯特·休斯执导、科迪·斯密特·麦菲主演的美国电影《阿尔法：狼伴归途》还是带给了我强烈的震撼。

这震撼不是来自围猎野牛群场面的刺激火爆，也不是来自主人公高崖坠落死里逃生的惊险紧张，而是来自冰天雪地漫漫归途险象环生中人（科达）与狼（阿尔法）的共生与成长。这个发生在两万年前欧洲北部的故事，似乎隐喻了我们人类驯化野生动物的全部历史。

主人公科达还是个稚气未脱的孩子，他的父亲作为部落首领希望他能够尽快走向成熟，于是带他一起参加狩猎活动。习惯生活在父亲强大羽翼下的科达，心慈手软，连已经被捕获被控制的野兽都不敢宰杀。然而，狩猎本身就是一场生死难卜的冒险，在弱肉强食的丛林，要么你杀死野兽，要么你被野兽杀死。在围猎野牛的时候，被激怒得狂暴异常的野牛，直冲向惊慌失措的科达，一角将科达挑起摔下高崖，跌落在半空突出的岩石上。以为科达必死无疑的父亲强抑悲痛带着族人返回家园，从昏迷中苏醒过来的科达陷入空前无助绝望的境地。雷鸣电闪中，暴风雨大作，洪流暴涨，体力不支的科达坠入河中。

洪水退去，大难不死的科达从河滩中挣扎着爬起来。从这一刻起，一个男孩的成长之路真正开始了。他必须学会用木棍绑扎固定自己的伤腿，必须学会制作原始简陋的武器，必须学会燧木取火烧烤食物，必须学会防身自卫捕杀猎物，必须学会观察星象识别方向。险恶的环境，艰巨的任务，都要求这个男孩必须快速成长为一匹真正的"荒野狼"。在这个过程中，阿尔法扮演了对手、猎物、被救者、驯养物、忠实伙伴、拯救者的角色。一开始，阿尔法只是围攻科达的群狼中的一匹，被科达刺伤俘获。恻隐之心阻止了科达对它的击杀和复仇，同病相怜促成科达对它的救助和驯育。科达教会了阿尔法规矩与服从，而阿尔法不但激发了科达的狼性，更启发了科达对生命的感悟与思考。在这里，没有征服与被征服，只有互帮互助共成长。

归途遥远而艰险，狂风、暴雪、严寒、饥饿、野兽，随时都可能夺走脆弱的生命。为了突出大自然的"大"、个体生命的"小"，通过"大"和"小"的强烈对比来凸现归途的艰难，以彰显科达的顽强意志和阿尔法的忠义勇武，影片采用了大量的远景镜头和俯拍镜头。落日浑圆，天地苍黄，遥远的地平线上，科达持杖前行，阿尔法执意追随，这一幕深深地镶嵌在了观众的脑海里。怒雪飞舞，天地惨白，裂冰坠湖的科达被阿尔法拖出水面。大幅的白与一小团篝火的红形成鲜明对比，衬以两具冰冷的身体，强烈刺痛了观众的眼眸。在冰洞里，为保护科达，阿尔法奋不顾身与巨兽搏斗，身负重伤。失血过多、步履艰难的它，在茫茫雪原上追随着科达摇摇晃晃的脚步，终于倒地不起，奄奄一息。这一幕又让多少人潸然泪下！

影片还运用了类似于中国相声里"抖包袱"的手法，把阿尔法是一匹母狼且已经怀有狼宝宝的真相留到影片的最后才来揭开。当科达面对着浑雄的太阳，缓缓托举起狼宝宝，狼宝宝发出低沉而幽长的嗥叫时，影片戛然而止。

无疑，这部影片仅仅凭它的剧情，或者画面，就足以打动观众。更不要说，它在探究生命与生命、生命与自然、生命与未来的哲学命题上，还做了有深度的思考与探索。

书里乾坤

一幕荒诞的人生实验剧

　　一觉醒来，什么都有可能发生，比如，房票没了，公司倒闭了，妻子失踪了……然而，最残酷的莫过于，你一直信仰和坚持的东西，甚至包括你自己，突然瓦解和崩塌。

　　格里高尔就是这样一个倒霉蛋！这是一个普通得不能再普通的人物，出身于一个普通得不能再普通的家庭，做着一份普通得不能再普通的工作，拥有一个普通得不能再普通的人生理想，因而，他的人生悲剧就具有了更为深长的哲学意味和更为深广的社会意义。

　　作为一个旅行推销员，格里高尔每天四处奔波，忙忙碌碌，工作得非常艰辛。尽管这份工作带给他无尽的烦恼，比如要为每次换车操心，饮食又差又不规律，打交道的人不断变换，无法建立起真正的友情等，但只要一想到自己的工作能够替父亲还债，能够让家人住上像样的房子，过上宁静、优裕、平和、有尊严的生活，他的心中就充满了自豪感。事实上，当格里高尔能够源源不断给家里钱的时候，他也确实赢得了父母的夸奖、妹妹的爱戴。

然而，这貌似和谐、温馨、幸福的一切，随着一场意外的变故戛然而止。某一天清晨，当格里高尔从烦躁不安的睡梦中醒来，发现自己在床上变成了一只大得吓人的甲壳虫。于是，一切固有的生活秩序和情感秩序都被打破，和谐、温馨、幸福的假象，像浮冰一样一块块碎裂，被黑暗的狂流卷走。公司协理来催他上班却丝毫不顾及他的病痛，当格里高尔好不容易用嘴巴咬开门锁现出真容，他立刻吓得逃之夭夭。他的母亲惊呼："救命！上帝，救命哪！"始终不敢面对变异的儿子。他的父亲则像一头发狂的野兽似的发出啾啾声，毫不留情地将他逼回自己的房间，当他被门卡住时甚至不惜猛力将他推成重伤，使他全身鲜血淋漓。父亲还不惮以最坏的恶意来揣度他的每一个动作，有一次更是直接用苹果做武器，狠狠地掷击他，一枚苹果砸进他的后背甲壳，嵌进他的肉里，导致四周皮肉发炎、腐烂，直到死去。

　　故事来自奥地利著名作家卡夫卡的经典作品《变形记》，作者用荒诞的手法，通过鲜明的对比，揭开了社会与人性的残酷真相。无论格里高尔面临怎样的困窘和痛苦，他始终没有改变对家人的爱与责任，甚至当全家已经厌弃他、忽视他，他饿得要死的时候，他还在想着攒钱送妹妹去读音乐学院的事。他的家人，即便是与他最亲近、最理解他、最愿意照顾他的妹妹，随着家庭经济状况的恶化、生活品质的下降，率先决绝地发出"摆脱"这只"怪物"的呐喊。变异的格里高尔在病痛、饥饿中悲凉而绝望地死去，而更让人感到悲凉和绝望的是，闻知他死讯的家人居然如释重负地齐齐在胸前比画着十字架，"感谢上帝"。

　　"异化"这个话题并非自卡夫卡开始，清代蒲松龄的文言短篇小说《促织》就通过"人变促织"的荒诞故事，揭露了"大人物的一个小游戏落在小人物的身上就是一场大灾难"的社会现实。只不过，聊斋先生以中国人一以贯之的善良愿望和美好想象，消解了读者内心泛起的极度不适，卡夫卡则极其残忍地一再试探读者在人生信仰上所能接受的边界。

这种试探有没有意义？我想，应该是有的，因为人性本来就有深不见底的黑洞。唯有清醒认识到其中的种种不美好，我们才有可能重新建立起某种有意义的秩序，达成个体性与社会性的和解。

用"城愁"涵养城市人格

特区四十周年，是个热门话题。四十年，就一般个体生命而言，占去了人生的一半。但是，对于一座城市，对于一座城市的历史来说，实在太短，短到几乎可以忽略不计。

不是没有记忆，而是记忆需要静默，需要反刍。更不是没有文化，而是文化需要沉淀，需要过滤。就像一列火车呼啸而过，眼前闪过一道白光，就永远消失在远方。车外的人，来不及看清楚火车的轮廓，更不用说车内千姿百态的人；车内的人，来不及看清楚车外的风景，更不用说树、草、花、人。

深圳，就是这样一列飞奔的火车，稍不留神，就已经天翻地覆。你还来不及出神，发呆，就已经被她远远甩在后面。

一切物质意义上的东西，在深圳这样一座飞速发展的城市，随时都有可能会被颠覆。唯有文字和影像，可以躲过炮锤、挖掘机，可以突破空间的阻隔，经受时间的冲刷、淘洗，获得更长的生命力。

从这个意义上来说，城市需要许许多多的记录者、书写者，用他们的笔或者镜头，留下关于这座城市方方面面、点点滴滴的记忆，无论官方的还是民间的。民间叙事因叙事主体的多元化、叙事主题的多样化、叙事方式的个性化，自觉承担起了城市文化建构的使命，使坚硬的城市变得柔软，骨感的城市变得丰腴，枯涩的城市变得水嫩，苍白的城市变得秾丽，漠然的城市变得温情。

诗人、作家王国华就是其中一位民间叙事者，他用"街巷志系列"来实现自己对深圳这个生命体的情感体验和生命思考。他就像昆虫学界的那个古怪大佬，趴伏在大地上，眯缝着好奇的双眼，仔细打量着这座城市里的每一粒尘埃并试图有所发现，情感的或思想的、诗意的或哲理的。

在他的笔下，"意义"成了一个肤浅和庸俗的词汇，"诗意"也变得单薄而板滞。就拿眼前的这本《街巷志：深圳已然是故乡》来说，"城愁"就是一个很值得玩味的切入点。

用作者的话来说，城市里人多、职业多、建筑多，甚至植物种类也比乡村多，因此，故事就多，可能性就多。如不可测的深井，汲取的水也多。内容更庞杂，指向更多维，由此带来的城愁有着更多的内涵。

"城愁"略似闲愁，在不确定中，在期待中，在失落中，在各种莫名的复杂的感受中。要理解和领会作者所定义的"城愁"，有两个抓手：一个是忧伤，一个是传说。

作者自剖心迹：忧伤和传说，不是目的和终极，是一块幕布，是一个城市经历了酸甜苦辣、喜怒哀乐之后，糅合了自己的各类特性，固定下来形成的背景墙。它让一个城市更像一个城市，或者说，不再是生硬的建筑集合体，而像一个人了。

一座城市，不应该只是GDP堆砌起来的数字群，也不应该只是各种高大建筑物搭建起来的钢筋水泥丛林，更不应该成为物欲横流的名利场。城市有城市的灵魂，城市有城市的人格。对于深圳这样一座速生的城市来说，机体膨胀的速度远远超越人格发育的速度，因此，太需要许许多多如王国华这样的民间叙事者来填补、来丰满、来建构属于这座城市的内宇宙。

这里的"城愁"，未必真的"愁人"，可能反而潜藏着一些小小的骄傲和得意，是一种不经意流露出来的认同与赞许。

比如《时光且停片刻》，于街头巷尾、烟火人家，读出深圳这个"非熟人社会"的一种特殊社会氛围：在一个"来了就是深圳人"的都市，"陌生"比其他城市更常态化，不会成为撑开彼此距离的竹竿。熙来攘往的街道上，没有一个熟悉的面孔，谁都神态自若。熟悉即陌生，陌生即熟悉。这多好，多舒服，没人打听你的隐私。

这里的"传说"，未必带有玄幻色彩，只是代表着一种高度、一种境界、一种追求。

比如《在树上聊天》，只是一种喻化的表达。人总是有追求的，他们心怀天空，但摸不着天；想着脱离大地，但被地皮粘住。他们选择一个悬空的位置，上天和下地都在一念间，而他们被这一念又一念牵引着，自己做不了主。

深圳是属于年轻人的，是属于梦想的。在梦想与现实之间，在天和地之间，挣扎与沉沦，是深圳追梦人的普遍状态和真实写照。"忧伤"总是有的，即便以最亲近的姿态，"和你在一起"。

读这样一本书，走进一个别样的深圳，走进一个神奇的艺术世界，不知道会不会生出一种"到乡翻似烂柯人"的感慨?

全书除前言《城愁曰闲愁》篇外，共收录作者的"新城市散文"54篇，按内容分为"'城愁'扑面""城市新传说""和你在一起""街巷小忧伤""个体风物"5辑。每篇文章大抵都配有插图，这些专业级数码图片，或交代背景，或聚焦主题，或烘托气氛，或寄托情思，图文结合，各擅其美，又相映成趣。这大概是"非虚构写作"的一种新风尚吧!

文艺老瓜农的情节布线

当一个中年读者，面对着文中若干场景，鼻翼开始发酸，心底泛起莫名感伤时，我知道，一定是这部作品已经深深触动了他那被人生的重荷磨砺得坚硬而冷峻的心灵。

这是一部深圳经济特区成立四十周年的献礼之作。在刻板印象中，献礼作品往往有比较强的宣传意味。老实说，刚开始我的潜意识里也隐隐有这样的先入之见。

当真正沉浸到这个"离梦最近的地方"之后，我才发现这部打着"献礼"印记的长篇小说其实有着极强的代入感。作者为我们设置了三个场域：鹏港经济特区、以昌江为代表的内地、以圣克拉拉为代表的美国。尽管基于文学创作的基本规则，作者极力对全部场域和历史重要节点的重要事件作了陌生化处理，但明眼人——每一个到特区来追梦的人——都能很自然地在种种似曾相识的多维空间里找到自己的位置和感觉。无疑，这得益于作者对特区灵魂律动的多年浸淫、深刻理解和精准把握。

从纯粹的叙事艺术的角度看，我宁肯把作者看作经验丰富的文艺"老瓜农"。最长最大的，自然是徐洪波这条瓜线，一直延伸到张力力、秦宝枫、谢辰、宋晓光。在这条主线之上，作者精心嫁接，通过不同的人物，牵出不同的支线，引向不同的场域，串连起不同的故事单元。徐洪波这条线诠释了特区干部队伍的成长进步，诠释了特区改革开放和建设事业的铿锵步伐。熊立伟这条线演绎了特区民营创新型科技企业筚路蓝缕，创业的奋斗传奇。童小华这条线牵出了中西方两股力量斗而不破的复杂局面。荆江龙这条线扯出了深港之间千丝万缕的联系。丁冬这条线隐喻了特区发展过程当中的误区和弯路。甚至，阿梅这么个很不起眼的人物，都是特区本地居民的一种镜像。

至于人物的刻画和塑造，还是留给还未读过此书的读者去品味比较好，不宜把所有的悬念都过早曝光。我只能这么说，只要你走进小说，就能找到那个对应的"你"，即便找不到完整的那个"你"，也一定能找到那种非常熟悉的感觉，似乎你就是他的一部分，他就是你的一部分。当所有的大戏都落幕之后，你终究会明白，我们就是那无数追梦人中的一个，特区就是"离梦最近的地方"。这部好看的小说，其实讲的就是我们每一个人自己的故事。特区永远都是特区，我们只不过是岁月匆匆忙忙的过客。

如果非要对本书提出什么建议的话，我倒是觉得作者可以稍稍克制一下对自我丰富工作阅历和工作素材的运用，而将更多的笔墨引向更为波澜壮阔的人物的内心世界。尽管这样做会冒一些风险，妨碍特区外读者理解把握故事背景的风险，但从人物塑造的力量角度来看，冒这种险是值得的。

攀附在病树上的曼陀罗

　　正像她自己要求竖立的无字碑一样，也正像她自己所造的汉字"曌"一样，她的一生注定饱受非议，又光彩夺目。她就是一代女帝武则天，一株攀附在病树上野蛮生长的曼陀罗。

　　这样一个集美貌、野心、权谋、手腕于一身的历史人物不可能不引发作家们强烈的创作热情。

　　幸运的是，像武则天这样空前绝后的历史人物，正史野史都提供了异常丰富的创作素材，创作者可以毫不费力拈来。然而，不幸同样在这里，过多过杂的资料极容易抢先占据创作者的头脑，强行塞进很多先入为主的东西，误导作者的思维。

　　这种情形，恰好和《沧海蛮荒：九州共主大禹》的创作相反。大禹治水纯属邈远的传说，几乎没有可资凭借的史料，一切全靠自己的想象和发挥，极度考验创作者的脑容量。正如画鬼容易画狗难，读者对于自己所不知情的一切，只要有人愿意讲述且善于讲述，他们大抵还是乐于接受的，但对于自己所熟知的东西，他们总会带着极挑剔的眼光来看待。从这个意义上说，写武则天是一件风险极大、很有可能吃力又不讨好的事情。

选择这两个极端去挑战自己，确实需要极大的勇气，而且这勇气要靠才力来支撑。远人老师对于史料的考证是极为严谨的，对于史料的运用是极为慎重的，他只允许自己来调遣史料，而不允许史料来控制自己。他就像个出色的裁缝，先沉潜酝酿，在自己胸中有了万千丘壑，然后寸指掐，皮尺量，粉笔勾，金刀裁，轻拢慢捻，穿针飞线，巧手缝合，精心熨烫，慢工细活，务求妥帖。这是一个连外在形式都不肯苟且的人。全卷分《昭仪》《天后》《女帝》三部，每部八章共二十四章三十六万字，以"终南霹雳"始，以"神龙无字"终，将一位传奇人物、一段历史风云浓缩在"长虹贯日"的隐喻中。

从具体的表现手法和读者的阅读体验来说，作者又尽量隐藏在人物和故事的背后，以冷峻而超然的态度，默默打量着各色人物的登台亮相，任由各方力量依循着他们自己的逻辑轨道碰撞、绞杀，把一个个活生生的个体碾成粉齑。作者只在各种力量硬扛之后形成的空洞处稍加点染，或心灵独白，或以景结情，语言都极为凝练、简省。千秋功过，留与后人评说。感知、评论、品鉴，本来就是读者自己的分内之事，无须作者越俎代庖。远人老师谨守着自己的分寸，把广大的再创作空间留给读者自己。历史题材的小说，同样需要史学意识和史学探究，小说家的唯一任务是以文学的鲜活手法，让一个个僵硬在故纸堆里的历史人物丰神饱满地登上表演的舞台。

于是，在先帝，在李治，在王皇后、萧贵妃，在长孙无忌，在李氏皇族子孙，在武氏兄弟，在薛怀义、张易之，在张柬之、狄仁杰等人物之间，一株骄艳有毒的曼陀罗攀附在大唐帝国的病体上，更准确地说是攀附在唐高宗李治这棵病树之上野蛮生长。其兴也勃焉，其亡也忽焉。

用文学救赎病态生命

鸟之将死，其鸣也哀；人之将死，其言也善。

不知道写《三故事》的时候，福楼拜有没有预见到自己的生命旅程只剩下短短的三年？不知道这个从小就悲观厌世的人，在生命的垂暮之年，对生命、对人世的看法有没有新的理解？

对于这个毕生视文学为唯一事业的纯粹文学家来说，出身于医生家庭，从小生活在医院这种环境，过早过多地接触疾病、伤痛、孤独、苦难、绝望、死亡，亲人的早逝，使得他对人生的痛苦本质有着切肤的感受；涉猎广泛、比专业人员还要严谨艰深的研究式阅读，定期进行的社会调查，对法国七月革命、二月革命、第二帝国的亲身经历，又为他揭开了繁荣表象之下的政治腐败、物欲横流、道德沦丧、尔虞我诈。于是，悲观、失望便成了福楼拜的思想底色。

这种情形在《三故事》里有没有什么变化呢？

在《希罗底》里，我们看到以莎乐美的舞蹈为表征的"肉欲"是多么可怖，它可以轻松摧毁希律王安提帕心中的理性、良知和对于自身名望的爱护，使他色迷心窍砍了先知伊奥坎安的头颅。在《慈悲·圣·朱莲的传说》里，我们看到的是无休止的杀念，看到的是逃无可逃的杀父弑母的魔咒，像幽灵一样紧紧纠缠着朱莲。在《一颗简单的心》里，我们似乎感受到了爱与福音，然而无比讽刺的是，这个名叫"全福"的善良女佣，带来的却是离去与死亡。肉欲（物质追求）可以扼杀良知，建立在征伐屠戮基础上的功业荣誉会祸及父母，甚至以爱为名的关心呵护也与死亡相伴相随，这就是福楼拜对世界的认知！这是多么残忍的结论啊！

那么，他真的看不到哪怕一点点亮色，一点点光明，一点点希望，一点点出路吗？非也，出路总还是要给的。在福楼拜看来，人类自身的救赎就是唯一的出路。女佣全福不求回报的爱本身也是一种救赎，所以她在临死前能看见圣灵。朱莲的超越人类一切欲望普度众生、舍身救人更是一种救赎，终至把自己的灵魂送入天堂。正所谓解铃还须系铃人，谁造的孽谁自己来偿。这与其说是福楼拜的信仰，毋宁说是他的艺术观。

他说过："人生如此丑恶，唯一忍受的方法就是躲开。要想躲开，你唯有生活于艺术，唯有由美而抵于真理的不断的寻求。"他用整个生命践行他的艺术理念，用他一辈子对文学的忠贞不渝来救赎他病态的生命。

拼图，还是拼图

走进赫尔曼·黑塞的《荒原狼》，犹如走进了一个复杂的拼图游戏。

同样是玩拼图，推理小说总是一个谜团扣着一个谜团，一个悬念勾出一个悬念，让读者在紧张得透不过气来的气氛中一步步接近真相；《荒原狼》则是另一种情形，作者似乎在竭力和读者玩这样一种游戏，他刻意将"荒原狼"的形象隐藏在被预先分割好的若干碎片上，读者必得穷尽自己的目力、心智，才能经由一鳞半爪一步步接近本尊。

现在，我们手上拿到了三张纸片。第一张纸片来自旁观者，他试图不偏不倚、冷静客观地替我们交代荒原狼的来龙去脉，介绍他的日常起居，描述他留给公众的一般印象，也算是对整部书的缘起有了一个基本的交代。第二张纸片来自作者虚拟的某个神秘人物，他仿佛来自远离尘世的高邈云端，有一种来自神界的透视力，可以看穿荒原狼的五脏六腑、前世今生，并以他无所不知的智慧给予荒原狼以神秘启示。第三张纸片来自荒原狼自己，他以时而清醒，时而混沌的方式，讲述自己所经历的种种故事，然而故事本身又带着某种诡谲而玄幻的色彩，不免让人产生"假作真时真亦假，无为有处有还无"的幻灭感。

然而，这还不算。即便是读者最为熟稔的由故事这个载体而直抵主人公内心的康庄大道，在这里也变得恍惚迷离、飘忽不定。读者的困难在于，故事最重要的场景本身就是一个晦涩的隐喻：魔剧院——入场就要失去理智，普通人不得入内。魔剧院里有无数个房间，每一扇房门上都挂着欲言又止、让人莫名其妙的铭牌，铭牌的后面藏着的是一个又一个的隐秘世界。读者的另一个困难在于，人物本身也具有高度的模糊性和不确定性。每当读者自以为触手可及的时候，他一闪身又变成了另外一个人物。他就像一个裂变体，随时随地都可以分离出一个又一个的自我。书中的每个人物，教授、赫尔米娜、玛丽亚、帕勃罗、古斯塔夫、罗莎、甚至歌德，甚至莫扎特，都有可能是荒原狼的另一个化身。这还不算，甚至书里面提到的一切事物，音乐、舞蹈、酒、麻醉剂、南洋杉、金色痕迹的光、刮脸刀、蝎子、棋子，都有可能成为荒原狼碎片化的自我镜像。

据说作者本人研究过东方神话，还深受老庄学说的影响。这一点我无从考证，但我宁肯相信这是真的。一个显而易见的迹象是，他把庄子的"不知周之梦为胡蝶欤，胡蝶之梦为周欤"，把老子的"天地不仁，以万物为刍狗"，运用到了令人惊骇的地步。

拼图游戏能不能顺利完成并不取决于作者的"初心"——他试图帮助读者更好地理解荒原狼，动机无论如何都是好的——而取决于读者的整合能力，然而"整合"本身又是一个逻辑上的悖论：假如荒原狼可以整合成一体的话，那么他又有什么必要分裂成无数个"哈里"？

　　唯一可以确定的是，当你合上这本书的时候，它成了贾瑞手中的那面风月宝鉴，正面看见的是王熙凤，反面看见的是骷髅。

英雄碧血化长虹

　　《谁是最可爱的人》诞生整整七十年，其所刻画的"最可爱的人"的英雄形象已经深深锲入广大读者的心灵，融入中国人的血脉，成为中国人心目中的精神偶像，深刻地影响着一代又一代读者的价值追求。

　　"最可爱的人"的英雄群像诞生于抗美援朝的烈火硝烟之中。在这样一场伟大的战争中，我们的文学艺术家拿起专属于自己的特殊武器——笔，深入前线，走进阵地，走进医院，走进炸不断的千里运输线，近距离观察火热的战斗生活，聆听英勇的志愿军战士的心声，感受钢铁战士的战斗精神。

　　著名作家魏巍正是在这样的背景下走进抗美援朝战场。在前线，他一待就是三个月，踏足被炮弹犁遍的阵地，目睹了战士们的英勇果决。他深入基层，与战士们一次次地谈话，召开一场场座谈会，积累了大量的第一手材料。作为一名作家，他敏感地意识到，他的职责不仅仅是把所看到、所感受到的一切告诉读者，还应该深入志愿军的心灵，寻找和把握他们的思想动机和力量源泉。

1951年2月回国后，他细心构思，精心选材，舍弃了自己擅长和喜爱的诗歌形式，采用了时效性最强、传播力最好的通讯形式，将自己的澎湃激情、热情讴歌、深邃思想倾注笔端，写出了经典名文《谁是最可爱的人》。文章最初发表在1951年4月11日的《人民日报》上，甫一发表，立刻引爆了广大读者的泪点，在全国人民心中激起了强烈的共鸣。毛泽东主席亲笔批示，将文章印发全军。此后，作品流传中外，被选入全国中学语文课本，鼓舞、教育了一代又一代中国人。时隔七十年，重新翻开这一篇红色经典，我们依然可以强烈地感受到作者那汹涌澎湃的感情如潮水扑面而来。

　　《谁是最可爱的人》真正抓住了时代脉搏，喊出了亿万中国人心声，弘扬了中华民族浩然正气的经典作品。一篇短文，树立了"最可爱的人"的历史坐标，为人民子弟兵树起一座英雄丰碑，成为一代又一代中国人的精神家园。从这个意义上来说，《谁是最可爱的人》超越了同一时期的许多大部头文学作品，成为经典。

　　中华民族是一个崇尚英雄的民族，中国是一个传承了红色基因的国度。正是一代又一代"最可爱的人"的无私奉献、浴血奋战、忍辱负重，才有了亿万人民的岁月静好、幸福安康。回顾我们党一百年的漫漫征程，我们既为无数"最可爱的人"的奋斗、牺牲而心生敬意，也更加笃定在新的时代、新的背景下，以"最可爱的人"的境界、品质和精神，为民族复兴而不懈奋斗。

恋爱ABC

　　我手上这本薄薄的书，陀思妥耶夫斯基的《白夜》，不过区区112页，4万字，堪称恋爱的入门级教科书。"入门"指向的当然不是作品本身的等级，而是作品所概括的情感生活的等级。

　　从故事情节的架构来看，《白夜》所搭建的只是最基本的三角关系框架。凡有恋爱生活经验的人，基本上都进入过这种关系框架。其基本形态是：A追求B，B追求C，A和C或敌或友。换言之，恋爱不是一种"恋"然后必然"爱"的线性逻辑，凡打算开始恋爱生活的人都要有做备胎的心理准备，这是这本"教科书"给我们的第一个教程。从艺术上讲，情感生活之不同于社会生活的其他领域，就在于如果只有单一角色A，故事无法展开；如果只有角色A和角色B，可以展开对手戏却无法掀起巨大的波澜以揭示情感世界的复杂性。三角关系则不同，它以一种稳定的符合物理法则的方式，使其中的任何一个人物都承受着两种以上力量的压迫，为其带来内心痛苦的撕裂，从而造成一种悲剧性效果。从人性的角度看，人的潜意识里都有这种"三角情结"，如《诗经·郑风·褰裳》里的"子惠思我，褰裳涉溱。子不我思，岂无他人？狂童之狂也且！子惠思我，褰裳涉洧。子不我思，岂无他士？狂童之狂也且"，就是以虚拟的第三者来威胁或假装威胁意中人。具体到《白夜》，幻想家爱上娜斯简卡，娜斯简卡爱的是年轻房客，幻想家在痛定思痛之后祝福对方，因此有人将该书戏称为《备胎日记》不是没有道理的。

有了稳定的故事框架，作者就可以从容不迫地展示他长于心理分析和心理描写的优势。这就不能不说到该书作为恋爱入门级教科书的第二个教程：恋爱心理。爱情是一剂迷幻药，服下这剂药的男女，心智都会进入一种非正常状态，其典型表现是喜怒无常、患得患失、敏感多疑。在言语方式上，则是"能指"和"所指"严重割裂，多言和寡语交错出现，心之所想和口之所语常常脱节，因而言不由衷、口是心非、言在此而意在彼便成了热恋男女话语体系的典型特征。直男之所以成"癌"，就在于他无法理解情感对于心灵的异化作用，无法突破非正常言语所设置的保护性藩篱而直达彼此的内心。陀氏以幻想家和娜斯简卡为例，为读者示范了一对陷入情感泥淖中的男女——当然两者有着高度的默契，彼此都懂得如何在拒绝与允诺、试探与引诱中走向一种共同期待的结果——在初次见面之后、第一夜即将结束之时，是如何地曲尽恋爱言语之幽微高妙，在欲拒还迎、欲擒故纵中悄然约定第二夜的会面。

美好而痛苦的爱情是如此摧伤一个人的心灵，其高强度、高烈度的杀伤力使得所有希冀饮鸩止渴的男女不能不驻足三思，裹足不前。陀氏教科书给出的第三个教程是：恋爱有风险，投入须谨慎。无缘成眷属，各留一片天。在小说的结尾，幻想家感慨地说："我的上帝！那是足足一分钟的欣悦啊！这难道还不够受用整整一辈子吗？"有了这种阳光的心态，就算在恋爱的艰险旅途中摔几个跟斗又有什么了不起呢!

借用一句烂俗的话来说，不爱有成千成万的理由，爱只需要一个理由。参透了《白夜》里的玄机，那就大胆去爱吧!

谁是谁的拯救者

我曾经固执地以为，故事是一篇小说最重要的元素，只有好看的故事才能将读者飘忽游移的心牢牢地拴在作品中。这就好比演戏，只要戏编得足够好看，谁来演其实关系并不是很大。我的执念如坚冰一样，禁锢了我几十年。

此刻，我能清晰地听到来自身体内部的坚冰崩裂的声音。坦白地说，在汪破窑的中短篇小说集《槐树湾纪事》里，并没有通常意义上的好看的故事。但是，我依然自觉地把这本书看完了，带着强烈的震撼、深沉的思索和难以言说的苦涩。

作者汪破窑显然有一种使命的自觉，把他对社会的观察和思考，以符合文艺规律的方式，呈现给同样具有使命自觉的读者。

这样做不是没有风险的，市场不是可以轻易去调教的，脱离了大众趣味的东西，通常的命运都是曲高而和寡。

这里面似乎隐藏着这样一个悖论：一方面，作品的优秀与否要靠读者和市场来鉴定；另一方面，如果一个作家只是趋附于市场和读者，又很难成为一个真正优秀的作家。二者之间的时间差也许是几十年，甚至更久。

题材的选择就是区分作家的一个重要标准。生活是个多面体，不是只有A面或者B面那么简单。

所谓的畅销书，无论玄幻、穿越、纯情、推理，都直接或间接地满足人们对于生活的某种期待和想象。真正严肃的作家，总是不合时宜地打破人们的期待，把生活严酷的一面呈现给读者。这种认识论上的价值，不关乎能量之正与负的问题，纯粹取决于作家内心的那种悲天悯人的情怀。

汪破窑就是这样的人，生活在深圳这座快节奏的开放城市中，他总是反复要求自己慢下来，沉潜下来，多发现和思考那些容易被人忽略的人和事。

比如失落的留守父母，比如在体制内干活却不被体制所认可的夹心阶层，比如被拐卖儿童家庭，比如流浪乞讨人员，比如被弃养老人，比如婚姻变故家庭，等等。所以，他的每一部小说都不同于前一部，无论是在题材上还是在风格上，总是不断地变换或者说创新，看似简单的对话和琐碎的生活，其实表达的是人物的命运、思想和感情，通过揭示人物内心世界的光明与阴暗、感情的和谐与冲突，来触及人的灵魂和社会的病灶。

在每一个并不轻松也并不愉悦的故事结构里，我看到的总是反复循环的"失落——拯救"这样一个主题。

谁是入侵者？谁入侵了谁？谁是受害者？谁能拯救谁？《入侵者》非常有意思，在一个普通的机关临聘人员家庭里，社会与人性的复杂、理想与现实的鸿沟、内心的坚守与挣扎，凸显了城市的狂飙突进给特定阶层带来的阵痛。

《回家吧，海风》聚焦的是拐卖儿童问题，但作者比其他人走得更深更远，他思考的是回归与重建的问题，即拯救的问题，然而，这个问题充满太多的不确定性。

《出走的武生》看起来是个家庭问题，其实本质上是个社会问题。在街市上见到的流浪人都是一样的，但之所以流浪却各有各的苦衷。

如果把作者想象成一个社会观察者、社会思想者、社会工作者，对他而言是有失公平的。尽管他致力于研究社会人心，其实那也不过是一个优秀作家的基本功，不能因为他强烈的社会意识而想当然地抹杀他的艺术敏感和艺术功力。

《那夜雪真大》的叙述视角就很见匠心。这篇小说反映的是弃养老人的问题，作者刻意设计了一个被家庭和社会另眼相看的特异体质孩子"傻木木"，经由这个人物的讲述，从一个貌似荒诞的角度来揭示生活本身。

全书唯一轻松一点的大概是《匆匆那年》，捕捉的是少年流光，交代的是到深圳的缘由。至于作者有没有靠回忆少年时光，来拯救自己已经沉沦的中年和未来可数的老年的意图，恐怕得问问作者自己。

我之所以这么评说，不是因为我是一个主题先行论者，而是这本书让我体认到了故事和小说的真正差异：故事可以娱悦读者，但无法拯救读者；小说不一定可以娱悦读者，但一定可以拯救读者。我就是那个被拯救的人，那些曾经在我的记忆深处游走的人和事，全部浮出水面，以崭新的面目向我走来。

平视・聆听・共情
——读"街巷志"系列之《深圳体温》

从上到下，整个封面均匀地分割为中黄、紫罗兰、天空蓝、魅力橙四条水平色带，这是底色。底色之表，是整幅的不带文字只有线条的烫银街区地图；底色之里，有四张虚化的照片，分别是建筑物、树木、大地、水果。摸起来有凹凸感，看起来有温暖意，闻起来有纸墨香。

这是新近出版的《深圳体温》，王国华"街巷志"系列的第三部。就像一个人的成长一样，从《行走与书写》到《深圳已然是故乡》再到《深圳体温》，"街巷志"也走过牙牙学语、蹒跚学步，走过总角之宴、言笑晏晏，如今正是桃李年华、丰姿绰约。这是对一个宏大写作计划的拟人化描述，而不是对写作者本身的描述。二三十年潜心写作的锤击，早已把写作者铸造成老到的作家。

命题应该不是灵光一闪式的即兴发挥，而是经过深度思考的结果，是有其内在逻辑关系的。甫入深圳，用脚丈量，用笔记录，这是对这座城市最基本的了解过程。在了解和认识中，慢慢找到一种归属感，成为这座城市的一分子，他乡与故乡的界限渐渐消融。以平视的姿态，通过对话，逐渐深入城市的机体，感受城市的温度与脉动，物我的生命都得到净化与升华，建立起一种可信赖的关系。

对于写作者来说，平视是一种恰到好处的姿态。俯视容易让人产生变高变大的错觉，从而不自觉地矮化弱化写作对象；仰视则容易矮化弱化自我，失去应有的自尊自信，却无意识地拔高美化写作对象：这两种姿态都是有害的。平视则不一样，将主体和客体摆在了同等重要的位置，消除了影响认知的主观情感因素，使平等的对话成为可能，使彼此的走近、理解、悦纳、共情成为可能。

要平视，就必须走出舒适的办公室，走出有中央空调的写字楼，走进社区，走进村落，走进逼仄的握手楼，走进落寞的老宅，走进杂乱的工棚，走进破旧的铁皮屋，把自己变成一粒卑微的尘土，去感受另一粒尘土的卑微。从这个意义上来说，"街巷志"不是用手码出来的，而是用脚码出来的。在每一个可以自由支配的日子里，王国华像个苦修的行者，辗转于沙井老街、观澜老街、大万世居、青排世居、温氏祠堂、文武帝宫、湖滨花园、灶下村、南中学校、金龟社区……去感受附丽于建筑物之上的人气，生发于街巷之中的烟火气，弥散于历史风尘中的文气。

没有这种姿态，就写不出"这（握手楼）便是城市的湿地"这样的金句。"湿地"，一个多么形象而有温度的说法啊，瞬间就拨动了我的心弦。在深圳这座高光城市的盛世华丽气象的背后，是无数来深建设者的闯入，探求，徘徊，挣扎，苦熬，突围，跌宕，沉沦，振作，奋起……哪一个不是九死一生？哪一个不是遍体鳞伤？没有了统建楼、农民房、握手楼，年轻或不年轻、单身或非单身的男男女女们便没有了栖息地，没有苟且容身的场所，也就不可能有各种版本的奋斗者的故事，不可能创造令无数后来者惊羡向往的创业传奇，也就不可能有这座城市迅速崛起的神话。

王国华说，有这样的湿地在，初入社会者，收入较低的打工者，方有安身之所，才可以在自己的"家"里埋锅造饭，躺在窄小的床上做梦……人才，并非只是高学历者。只要做合法的事，挣合法的钱，都是人才。他们创造的财富，是金字塔的基石，那一座座高楼大厦才有了支撑。此言信然！所谓情怀，所谓悲悯，不是一种空洞的情感，不是一种轻浮的宣示，而是一种切中肯綮的理性认知和合乎逻辑的人文呼吁。城市更新也好，旧村改造也好，不能沦为单纯的造富运动和驱赶运动，要给栖居者预留生存空间并不断提升美化，这是值得所有公共事务参与者深思的问题。

"聆听"也是有前提的。从听者的角度来说，能不能排空自己，能不能摒弃成见，能不能放下执念，决定着他能不能听得见，能不能听得真切。从讲述者的角度来说，肯不肯发出声音，肯不肯吐露心声，要看听的是什么人，看对方有没有诚意，有没有去创设有利于交谈的情景氛围。王国华说他听得见鸡蛋花的尖叫，说花瓣一躲闪就看得到悲喜，我相信，这不是虚妄的夸饰而是经验的提炼。他坦承，每写一种花，必须亲见才行，至少要对视五分钟，甚至长达一两个小时。花非花，雾非雾，每一种物象的背后都牵连着人与事，都映射着主体的生命体验和对社会人心的观察、思考。"死不了（太阳花）"不是死不了，而是要拼命地活。名为"死不了"，实为挣扎者。"死不了"牵系着自幼失聪的流浪诗人，牵系着他的爱情故事，牵系着许许多多怀揣梦想的文学人的生存境遇。

第三辑"水果在天空奔跑"是一组篇幅较短的散文，共写到杨桃、柚子、荔枝、杧果、莲雾、香蕉、菠萝、百香果、火龙果、番石榴、山竹、榴莲、柠檬这13种热带水果。这些水果文与其说是风物志，不如说是哲理小文。原因无他，"共情"二字而已。最具有代表性的是"柠檬"篇。柠檬徒有水果之表而无水果之实，胸藏饮品的理想却顶着果类的头衔。文章从果与水的关系角度切入，通过哲理性思考和形象化描述，揭示了柠檬的谜之特性。第四辑"胡不归"收文2篇，第五辑"自在传说深圳"收文5篇，第六辑"一线牵始终"收文2篇，除少数篇章可归并到前三辑外，多数带有很明显的文化比较的意味，或以外地衬托深圳，或以深圳凸显外地。

回到书名《深圳体温》。"体温"本身是一个不带有倾向性的中性表达，可以高也可以低，是高还是低纯然取决于触碰双方的温差：己方高于对方曰凉，己方低于对方曰热。天地共此凉热，便是一种密不可分的关系。王国华与深圳如是，读者与《深圳体温》亦复如是。在一次作品研讨会上，王国华说，一个好的作者，决不追求表达的痛快，一痛快语言就落入了大众化的俗套，而必须是每说三句话就要有一种让读者咯噔一下的感觉。读此书不仅可以得到知识的、经验的、情趣的、哲理的收获，还能在一咯噔又一咯噔中尽情享受中文之美。

用文字挽留消逝的乡土文化
——读林山《乡的风情》

  光明区文化教育工作者林山的《乡的风情》是一部很接地气的散文集，是一部非虚构写作的精品，也是一部中小学生开展课外阅读的好读物。该书具有如下特点：

  具有鲜明的地域特色，是一幅典型的地域风情画卷。该书以大别山区为背景，叙写当地的山川风物、民俗风情、人文历史。大别山是淮河流域与长江流域的分水岭，地理特征明显，自然景观丰富，具有漫长的人文历史，其名称即来源于我国第一部地理著作《尚书·禹贡》，汉武帝亦赞叹："山之南山花烂漫，山之北白雪皑皑，此山之大果别于他山也！"读此书，既能接受很好的国情教育，又能增长知识和见闻，培养对祖国美好山河的热爱之情。走进冬天的大别山，看到的是"大雪铺满天地，白茫茫，望不到边际"，"地里的麦苗，从隆起的一行行雪帽边缘，挤出丝丝嫩绿"，入夜，寒冷的北风"总是那么尖锐、凄凉"，"屋顶雪花融化，瓦檐下倒挂的冰柱，相对整齐地排列，又各有变化的不同，是一道别致的冬景"。"年过月尽"，"最早见到开花的，是田畈的草籽花，学名紫云英。冬季闲田时撒籽，早春出苗，鲜嫩泛绿，独秆圆叶，及膝高，顶上开小圆瓣花，艳紫色"。翻开《乡的风情》，读着这样的文字，无论谁，都能找到一种似曾相识的感觉，似乎那里就是我们曾经的家园。

具有浓厚的乡土情结，是一幅鲜活的乡村生活画卷。该书聚焦乡村生活，反映了大别山区农村生活的原生面貌。耕、织、樵、渔、婚、丧、嫁、娶、说、唱、宴、饮……一个个乡村生活的特写镜头在作者的笔下活灵活现，真实地再现了当地老百姓的生活场景，反映了老百姓的精神面貌。全书凡26篇，内容涉及乡村生活的方方面面，可以称得上是一部小小的乡村生活的百科全书。以"喝汤"为例，"以糍粑或面条做底，上面放几片煨好的腊肉，一只鸡腿，另加汤汁。一般糍粑、面条、汤水都可尽情享用，但那几片肉和鸡腿是不能动的，必须要'回碗'。只有外孙回外婆家拜年，百无禁忌，才是鸡腿的'法定'享用者。丈母娘疼女婿，千古未变，但'回碗'的规矩也是不能破的"。这样的规矩和乡俗，在物质生活比较困窘的年代，是不是既有些无奈、辛酸，也充满了对美好生活的向往之情，充满了临机变通的生活智慧。男方接亲时，女方亲友"将已事先准备好的锅底灰、黑墨水、黑泥巴等污秽物，涂抹对方一满脸。抬嫁妆者必须无条件地忍受这种'羞辱'，还得赔上一张笑脸"，"新郎官及其同来的男方人，随时会被村里舅兄舅娘们仰面放倒在地，抓住双手双脚拉起到半空，前后摇摆，借力撞向头顶前早就有人翘起的大屁股。反复数次，直到反复赔上笑脸求饶"。粗俗是粗俗了点儿，可是又有谁能说，经得起这番"羞辱"和折腾的人，会不好好珍惜历经千辛万苦讨来的婆娘呢？

关注人情人性，是一幅纯美的乡村人物画卷。作者以母系亲属为主线，渐次展开叙述，串连起文中的众多人物。无论男女老少，也无论贫富贵贱，都洋溢着一种淳朴善良的气息，闪耀着美好人性的光芒。农村有农村的生存智慧，农民有农民的人生哲学。作者在讲述这些乡村小人物的故事时，还特别注意挖掘和提炼其中蕴含的思想价值，比如文中的外婆、外公、德叔、二舅等，他们的为人处世都能带给读者很多的人生启迪。"天上雷公，地上舅公"，娘舅坐首席是历来传承的习俗。可是，儿子的娘舅和父亲的娘舅撞在一起，这首席该谁来坐？东家六神无主，宾客众说纷纭，作者的外婆出来主持公道说，老娘舅让一回，爸满月已经坐过首席了，儿满月自然新娘舅坐首席，过去县官审案坐中堂，王爷到场也只能落侧座。言毕，众人皆叹服。堂舅认亲，堂叔外公嫌女方手脚粗糙，外婆轻言细语，慢慢道来："针线倒是粗了些，但人长得壮实，做得生得；晾晒衣物时，自用的毛巾放在竿尾，堂舅的衣服放在中间，堂叔外公的衣服放在竿头，做事粗中有细。"堂叔外公听罢颔首微笑，一桩美满姻缘就此促成。新屋落成，东家用五花肉焖糯米绿豆饭，忙中出错，锅底焦煳了，两口子大吵一场，来找外婆评理，外婆劝道："做新屋人多事忙，小差错难免，莫要因为这些小事吵架冲了喜气。焦煳的锅巴，加水熬成粥一样的香口，以后如不想出现锅巴焦煳，小些火慢些煮即可。"于是，夫妻言和，欣然回家。书中的这些小故事，无不生动表现了作者的外婆——一位农村老太太的善良与智慧，读来让人平添敬意。

尤其值得一提的是，在城镇化的狂飙突进中，传统的乡土社会正在日渐瓦解和消逝，民族的乡土历史和乡土记忆存在断层的可能。作者试图以自己的微薄之力，唤醒一代人曾经的记忆，用文字重建"乡村游离者"的精神家园，体现了光明区一位文化教育工作者的责任担当。

桥里桥外

寻桥·品桥·恋桥

在人类的建筑文明里，桥是一种特别的存在。宫室庇护着人的肉体，陵寝安置着人的归宿，宝塔接引着人的信仰，桥梁则突破了河流的阻挡帮助人类实现了从此岸抵达彼岸的梦想。

有了桥，人类才真正摆脱了自身局限和自然地理条件的束缚，扩大了活动范围，争得了迁徙的自由。正像火的发明是饮食革命的一大飞跃，工具的制造是劳动革命的一大飞跃一样，桥的发明与建造也是旅行革命的一大飞跃。"一桥飞架南北，天堑变通途。"从此，"逢山开路，遇水架桥"，便成了人类向未知世界勇敢拓进的行动宣言。

一棵大树，因为被大风吹折，恰巧倒在了河流两岸。一根榕树的枝丫伸向河流的彼岸，垂下的根须扎入彼岸的土地，长成了一座"榕桥"。一道岩梁无意覆盖在了山峡的上方，连接了峡谷两岸，形成了一座"天生桥"。这些桥，都是大自然赐给人类的礼物，在帮助人类通向彼岸的同时，是不是无意中启迪了人类的"桥思维"，开启了人类的"桥历史"？

从造字角度看，桥，以"木"为偏旁，是否意味着人类造桥的历史先从最简单的木桥开始？《说文》："桥，水梁也。从木，乔声。"又："乔，高而曲也。从夭，从高省。"伐木为桥，架于河岸高处，以利于避水通行，大概就是造桥史的肇始了。然而，木质的桥易遭毁坏，即便屡毁屡兴，终究太折腾人，不能一劳永逸。人们必须寻求更佳的材质，造出更牢固的桥梁。事实也往往是这样：材料的革命会催生和推动技术的革命，当人们开始选择更坚硬更牢固的岩石、钢铁作为建桥材料的时候，也意味着建桥技术的历史性飞跃；社会生活的变革会推动造桥思想的变革，当桥承载的非实用价值越来越丰富的时候，桥的形态和风格也会越来越多样化。

桥的世界是如此纷繁复杂、绚丽多姿，让人沉迷其中而自得其乐。在我看来，最古朴的是独木桥，原始而新鲜；最端庄的是石拱桥，稳重而灵巧；最粗野的是铁索桥，疯狂而飘逸；最惊险的是玻璃桥，恐怖而刺激；最唯美的是风雨桥，精细而雅致；最便利的是立交桥，便捷而顺畅；最浪漫的是鹊桥，感伤而美好；最奇妙的是心桥，神秘而幽深；最无奈的是奈何桥，痛苦而绝望；最炙热的是龙津桥，富贵而显达。

寻桥、品桥、恋桥的过程，就是一个体验山川地理、历史文化、社会人生的过程。一个人在显示自己的人生阅历比别人丰富的时候，总是会情不自禁地说："我走过的桥，比你走过的路还多；我吃过的盐，比你吃过的饭还多！"盐吃多了，当然不利健康；桥走得多，果真是一笔财富呢。人们也总爱用"桥归桥，路归路"来表示决绝之意，殊不知桥不离路，路不离桥，有桥即有路，无路何须桥，心里明知二者本来就是同根生，嘴上硬要矫情隔绝二者的联系，真是好生无理！

从山野乡村，到水街巷陌，形形色色、大大小小的石桥早已成为童年记忆里一幅幅美丽的图画。等到上学了，赵州桥、卢沟桥又经由桥梁专家茅以升的笔触，从课本里鲜活走来，为脑海里的"桥情结"敲下重重的一锤。作为一个旅行爱好者，行走在中华大地上、名山秀水间，不可能不关注足以成为悠久地方史和独特地域文化见证的"桥"。在龙南杨村，我追寻着王阳明的足迹，寻找作为他平叛成果的"太平桥"，其两孔三墩、四拱双层、三耙飞檐的独特形制令我叹为观止。在西江苗寨，我流连于具有浓郁少数民族风情的风雨廊桥，为它的亦廊亦桥，古香古色，遮雨遮阳，宜坐宜卧而击节赞叹。在福建泉州，我趁着退潮下到洛阳桥桥底，实地观察和感受"筏形基础""种蛎固基"等史无前例的技术创举。在南安市水头镇，我冒着蒙蒙细雨，用脚步丈量着这座中古时代世界上最长的梁式石桥，感受她"天下无桥长此桥"的豪迈与荣光。在广东潮州，我沉迷于广济桥形态各异的殿阁亭台，陶醉于精美的匾额、楹联，为历代地方官员殚精竭虑修缮维护广济桥的壮举而感喟。在浙江杭州，我讶异于拱宸桥的轻薄灵巧，更为防撞墩上那两只形态慵懒、生动可爱的神兽着迷。（经查，神兽名趴蝮，音bā xià；又名蚣蝮，音gōng fù）

　　每个地方的桥有每个地方的特色，但要真正领受桥所带来的震撼力，还是要去山高谷深的大西南和江阔海深的沿海地带。大西南，尤其是云贵高原，群峰高耸，峡谷幽深，海拔高差大，岩层结构不稳定，桥梁施工难度大。沿海地带，土层松软，浪高风急，海水海风腐蚀性强，还得考虑船舶通航的需要，造桥同样困难重重。去贵州旅游，只知道大小七孔、黄果树瀑布、镇远古镇、梵净山是远远不够的。地处云贵高原的贵州，不仅是山地旅游大省，也是建桥大省。距离黄果树瀑布仅仅7公里的坝陵河大桥，2009年12月23日建成通车，是在高山峡谷地区修建的跨度"国内第一、世界第六"的钢桁加劲梁悬索桥。大桥主跨长1088米，桥面距离河面370米。为了更全面地领略这座桥的风采，我先驾车沿G60（沪昆高速）从两山之间驶过，体会那种在高空、在云端驾驶的感觉，然后沿320国道绕行至坝陵河谷底，仰望大桥凌空飞渡的壮丽景象。在尽情欣赏"第一桥"绝美风光的同时，左岸有全贵州最高最大的瀑布震撼心魄，右岸有神秘的红崖天书考验心智，便觉得这趟旅程太值了。

在云贵高原的边缘，在湘黔边界，不但同样可以领略高峡长桥的壮观，还能回味一段传奇的历史，缅怀一段光辉的岁月。矮寨大桥横跨德夯河谷，主跨跨径1176米，桥面宽24.5米，双向4车道，桥面距离谷底355米，相当于110多层楼高，也是当时世界上跨峡谷跨径最大的钢桁加劲梁单跨悬索桥。这座集科技与工程美学于一身，融历史人文与自然景观为一体的桥梁，被赞誉为"中国的圆月亮"，被外媒评为"十大非去不可的世界新地标"。大桥底下，是美丽的德夯河谷，顺着319国道蜿蜒而下，可以饱览大桥雄姿与峡谷秀色。从谷顶到谷底不足6公里路程却有着13道锐角急弯，路面被裁截成26段几乎平行、上下重叠的挂壁公路。这一段公路，也是抗战时期川湘公路最为险绝的路段。为了打通抗战大动脉，2000多名民工风餐露宿，沐风栉雨，整整奋战7个月，克服重重困难，终于将公路挂上了绝壁，创造了中国公路史上的奇迹——矮寨公路奇观。

工作和生活在深圳，经常穿行在水网密布的珠三角，有机会接触很多的桥。印象最深的是虎门大桥，一则因为它的超级拥堵，二则因为它的波浪形涡振。其次是南沙大桥，原名虎门二桥，以海鸥岛为支点，横跨珠江坭洲水道和大沙水道，拥有两座超千米的特大桥。正紧锣密鼓建设的深中通道，项目总长约24千米，是世界级的"桥、岛、隧、地下互通"集群工程，采用东隧西桥的方式施工，西段伶仃洋大桥建成后将是世界最高海中大桥。沿大陆海岸线从东南往东北，除港珠澳大桥外，著名的大桥还有湛江跨海大桥、厦漳跨海大桥、泉州湾跨海大桥、平潭海峡公铁大桥、杭州湾跨海大桥、嘉绍跨海大桥、舟山跨海大桥、东海大桥、胶州湾跨海大桥。这些桥就像一幅幅美丽的画卷，时时在诱惑着我前往一睹为快。

这世间所有的桥，无论是大还是小，是古朴还是洋气，都是一间博物馆，收藏着当地的山川形胜、历史人文、社情民俗、经济科技等多方面的信息。沉浸在桥的世界里，静静地解码文化的秘密，我可以触摸到一个民族的灵魂与心跳。

此心通透即太平

曾经在某处见过太平桥的图片，其奇特唯美的造型即时吸引了我的注意。该桥离大广高速很近，我亦经常自驾经大广高速往返赣粤，平日总是行色匆匆，无暇一游。

过而无缘的时候，它就像一声叹息，遗落在风中。这一声叹息，像一粒蒲公英的种子，在等待一个合适的机会，长成我旅行记忆里一朵娇艳美丽的花。2018年8月机会终于来临，由赣返粤的行程比较宽松，遂从大广杨村出口下高速，直奔太平桥。

从侧面远远望过去，三个圆孔加层层挑起的檐角，构成了太平桥全部的艺术造型。品字结构稳重，厚实；圆弧造型通透，轻盈：对立而统一，矛盾而和谐。整座桥美得纯粹，美得简洁，美得干脆，美得透亮，就像一张剪纸，一幅素描。等到霞光四射的时候，黑白的瓦桥倒映在青绿的江面，一座桥变成对称的两座桥，荡漾在满江的流光溢彩中，简直就是一幅色彩缤纷的油画。夜幕降临的时候，星河摇曳，星辉斑斓，让人想起牛郎织女的鹊桥会。怪不得一路都能碰见从全国各地慕名而来的摄影发烧友。

现存太平桥全长50米，为两层结构。下层两孔三墩，以精磨花岗石为料，桐油、石灰、红糖、糯米浆为灰浆，精工砌筑而成。拱跨分别为11.9米和12.9米，拱高6.2米。上层为砖木结构，由两大两小四个拱重叠组合成一个四通凉亭。侧面两个大拱跨8.4米，高8米，拱肩落于下层两拱的拱顶之上。正面两个小拱跨2米，墙厚1米。亭顶四周砌有三耙飞檐，作为装饰。北端桥门洞小拱之上，是修桥主事人赖懋杰手书"太平桥"三字，刚劲有力。

现今所存太平桥并非明正德年原版，而是清嘉庆、道光年移址重修后的克隆版。原版在克隆版上游百米处，现仅遗残缺桥址。重修的原因，据说与风水之说有关。

太平桥的最早来历，与明代心学大师王阳明有关。其时，赣粤交界地区匪患严重，王阳明受朝廷之命领兵平乱，"一鼓而破横水，再鼓而灭桶冈。振旅复举，又一鼓而破三浰，再鼓而下九连"。平定三浰之乱后，王阳明班师途经太平堡（今龙南市杨村镇），在水口岭处建太平桥以示天下升平。然而，"破山中贼易，破心中贼难"，为民还是为贼只在一念之间，要想真正长治久安，还得耕好心上田。为此，王阳明不遗余力，在赣南大办书院，广立社学，使赣南风气为之一变，成为礼义之乡。

拱宸桥半杭州史

　　我的微信封面是拱宸桥的照片，每次打开微信，它就像闹钟一样，唤醒我对杭州之行的记忆。

　　2017年年底，在参加第七届全国校园文学研究高峰论坛会议之暇，经红梅姐提议，我们文学社一行4人游览了京杭大运河博物馆和拱宸桥，叹服于杭州城作为京杭大运河南终点所具有的丰富的运河文化遗存。

　　拱宸桥始建于明崇祯四年（1631），系民间人士募资修建，其后三次坍塌三次重修，2005年又进行了一次大修，2013年被确定为全国重点文物保护单位，而根据拱宸桥形象设计的吉祥物"宸宸"也成了第19届亚运会三大吉祥物之一。

　　"拱宸"二字也挺有意思。"拱"是拱手，是中国传统礼节；"宸"是皇帝住的地方，代表皇帝。历朝历代，皇帝多次经由大运河南巡。可以想象，每当皇帝以九五之尊率领庞大的船队逶迤南下，遥遥望见这座"拱手而立"的石拱桥，心中会是何等熨帖啊。从地理意义上来说，条条支脉汇聚大运河，四方归向，吉祥如意，以"拱宸"命名，也是相当应景的。

拱宸桥全长约98米，高约16米，为三孔薄墩联拱驼峰桥，边孔净跨11.9米，中孔15.8米，是杭州最高最长的古石拱桥。拱宸桥采用薄墩薄拱的设计，缘于江南水网地带地基的软湿，需要最大限度地减轻桥体本身的重量。河网的密集，水运的发达，又使建桥者不必太过顾虑桥梁的载重问题，而将注意力集中在提高通航净高。站在桥外仰望，大桥巍然耸立，远远高出河岸，卓尔而轻盈；踏上"驼峰"俯瞰，大运河水波荡漾，舟船频繁穿梭，一派繁华景象。

　　引发我强烈兴趣的，还有桥两侧四个石墩上的石刻神兽。它们似鱼非鱼，似龙非龙，似虾非虾，形态各异而都憨态可掬，懒洋洋地趴在石墩上，好像在惬意地晒着太阳，又好像故意摆出一副闲散的样子来迷惑水里的猎物。这种神兽的名字叫"蚣蝮"，又叫避水兽，性善好水，喜吃水妖，是龙王爷九个儿子中最受宠的。以蚣蝮镇水护桥，当然是神话传说。然而根据我的目测，这四个独立的石墩恰好位于拱桥承重墩上下游的对冲位置，确实能起到很好的防撞作用，算得上是假神话之说，尽人力之妙。

　　在我这个异乡人眼中，西湖、灵隐，苏堤、断桥，是诗意的、文艺的，是属于精神层面的，代表着杭州城的A面；大运河、漕运，拱宸桥、蚣蝮，则是世俗的、生活的，是属于物质层面的，代表着杭州城的B面。

　　来到杭州，如果只流连于西子湖畔的柳绿风香、歌纤曲软，而忽略了京杭大运河的舳舻千里，忽略了拱宸桥的车马骈阗，那么，你对这座城市的理解至少是不完整的。

　　"一座拱宸桥，半部杭州史。"或许，只有真正的老杭州人，才真正明白拱宸桥对于杭州城的重要意义。

矮寨悲歌亦辉煌

离开号称"梵天净土、清凉佛国"的梵净山，从黔东北之铜仁东下湘西永顺芙蓉镇，可以不必经过矮寨大桥，但又必须经过矮寨大桥，唯有经过了，才不枉这千里迢迢黔湘之旅。

在艰苦卓绝的抗日战争中，大西南是抗战的大后方，陪都重庆则是全国抗战的神经中枢，而全长1256千米的川湘公路则是衔接粤汉、湘桂黔路通向大后方的唯一通道，为保障国际援华物资、战备物资、兵源、民生物资的运输，为争取抗战的最后胜利立下不朽功勋。

川湘公路像一支小夜曲，自泸溪、吉首一路跋山涉水，逶迤而来，进入德夯河谷矮寨段后戛然而止——横亘在她面前的，是高达440米，坡度70—90度，水平距离不足1千米的悬崖峭壁。

站在观景台，探身俯瞰着这一段不足6千米却有着13道锐角急弯，路面被裁截成26段几乎平行、上下重叠的挂壁公路，遥望着开路先锋的铜像，你不能不感受到一种强烈的震撼。耳畔仿佛响起叮叮当当的钎锤声，民工的号子在空旷的峡谷里此起彼伏。工地的炉火熊熊燃烧，火星四射，终年不息。凿岩工像猴子一样被放进竹箩筐，吊在绝壁上，奋力地用钢钎锤子敲下一块块岩石。搬运工肩挑手提，往来穿梭，运送着砂石土方。铺路工挥舞着大铁锤，把碎石砸进粗石，把砂土夯进碎石，推动着坚实的路面顽强向前挺进。技术人员背着测量仪器，手脚并用，在危崖绝壁上爬来爬去，在图纸上比比画画，只为找出最合理的设计方案。

如今，随着基建大国的迅速崛起和西部大开发的顺利实施，大西南的基础设施得到了极大的改善，高速公路如条条巨大的触手，伸向大山深处。就在矮寨公路的边上，包茂高速破空而过，矮寨大桥彩虹高悬。

一段路，一段悲壮的历史；一座桥，一曲辉煌的赞歌。

坝陵飞渡觅奇秀

　　到了黄果树而不到关岭，就好比喝了椰子汁扔了椰子肉，吃了榴莲扔了榴莲壳。

　　关岭（县亦名）是关索岭的简称，相传因关羽之子关索随诸葛亮南征时驻兵于此而得名，境内有坝陵河特大桥、滇黔古驿道、红崖天书、滴水滩瀑布等名胜古迹。

　　坝陵河特大桥横跨坝陵河大峡谷，全长2237米，主跨1088米，距河面垂直高度370米，曾是"国内第一，世界第六"的大跨径钢桁梁悬索桥。桥面行车，沪昆高速穿云破雾；桥下观光，蹦极速降撼人心魂。从黄果树往关岭，最便利的方式是自驾。或沪昆高速，或320国道，正好一个环线，沿途风景一网打尽，不必走回头路。贵州的高速公路多在山腰之上，穿洞架桥，恍如在云端穿行。我有恐高症，远远望见钢索高悬，虹桥凌空，便双手牢牢攥紧方向盘，屏住呼吸，一口气冲过去。完全没有闲庭信步，左顾右盼，赏景览胜的勇气。但我依然乐此不疲，无他，闭眼坐过山车，求的就是一个刺激。

　　过桥不远，即是关岭出口。下高速，左转下到一个山坞即是关岭县城关索镇。滇黔古驿道关岭段东起断桥镇，西讫关索镇，全长5.5千米，基本保存完好，系国家重点文物保护单位。驿道多由方形青石铺就，宽2到3米，可供两马并行，有些路段两侧还砌有石墙。沿线重要人文遗迹，有灞陵桥、双泉寺、御书楼、顺忠祠等。最有意思的是双泉寺，两泉相距不远，马刨泉清冽甘甜，而哑泉则"饮者立哑"。《永宁州志》载："山半有马跑井，相传索统兵至此，渴甚，马跑地出泉，故名。又有哑泉，饮之，能令人哑，立石以戒行者。"崇祯十一年（1638），著名旅行家徐霞客云游至此，在亲尝过马刨泉的甘冽之后，亦不免感慨两泉"何良楛之异如此"。

"红岩对白岩，金银十八抬，谁人识得破，雷打岩去抬秤来。"古往今来，宝藏之说总能激起人们强烈的好奇心。这则流传在当地的民谣，说的就是红崖天书。红崖天书在关岭对面晒甲山的崖壁上，数十个神秘符号非雕非凿、亦字亦画、如篆如隶、如升如斗，被誉为"黔中第一奇迹"。数百年来，天书之谜引得中外史学家、考古学家纷至沓来，关于天书的解说林林总总，有诸葛亮彝汉结盟刻碑说，有殷高宗伐鬼方纪功说，有平西王藏宝说，有建文帝讨燕檄诏说，等等。作为游客，不管有没有能力解答天书之谜，我都要爬上崖壁一睹稀奇。

回到320国道，瀑布巨大的震吼声早已先声夺人，令人心驰神往。此刻，循声从岔路下去，滴水滩瀑布以烜赫的声威傲立眼前，弥漫的水雾扑面而来。眼前所见的瀑布仅仅是她的最下面一层。整个滴水滩瀑布高达410米，是黄果树瀑布的6倍，共有7级，其中较大的有3级，依次为连天瀑布、冲坑瀑布、高滩瀑布。目力所能及的是高滩瀑布，宽63米，高130米。其他部分，因峡谷深切，地形复杂，需要借助无人机之类的器材才能一探究竟。与黄果树瀑布的雄伟、庄严不一样，滴水滩瀑布是未经开发的野景区，充满了野性、粗犷、神秘、诡谲、多变的韵味。

桥上与桥下，科技与人文，现实与历史，人力之奇与自然力之奇，完美地结合在一起，形成一幅壮美的画卷。

一念安平唯长久

"世间有佛宗斯佛，天下无桥长此桥。"

这是镌刻在福建省泉州市安平桥水心亭石柱上的一副对联。

在古石桥的朋友圈里，能与"海内第一桥"洛阳桥一较高下的，当属安平桥。

安平桥，俗称五里桥，系全国重点文物保护单位，位于晋江市安海镇与南安市水头镇交界的海湾上（晋江、南安均属泉州，安海曾名安平）。该桥自南宋绍兴八年（1138）动工，至绍兴二十二年（1152）完工，历时十四年。桥长2255米，有疏水道362孔，桥墩361座，桥板2308条，整个工程耗用石材45 000立方米。安平桥是中国现存最长的跨海梁式石桥，也是中古时代世界最长跨海梁式石桥。安海港成就了海上贸易的繁华，安平桥完善了海上丝绸之路的交通网络。

安平桥比洛阳桥晚八十五年开建，自然有条件"站在巨人的肩膀上"，享受现成的技术红利。比如浮运架梁，比如养蛎固基，八十五年的实践足以检验和证明技术的可行性和有效性。然而，安平桥又必须走得更远，走得更长久。这里的水域更宽阔，水情更复杂，滩泥更松软，"筏形基础"，大量抛石，在这里并不适用。于是，匠人们改用"睡木沉基法"，先在海底打木桩，再在木桩上面横卧一层木桩，然后再来砌筑石桥墩；桥墩也不是千篇一律，而是根据水文、地质条件，灵活采用方形桥墩、单尖船形桥墩、双尖船形桥墩。这些技法上的改进、提高，将我国古代的造桥技术推向了一个新高度。

这是一座仅凭肉眼无法看到尽头的桥。穿过"望高楼"的门洞，踏上安平桥，漫步在几分粗糙几分光滑的桥面上，心中涌起的不是悲伤，也不是迷茫。尽管不知道远方到底有多远，不知道永远到底有多久，至少脚下的石板是坚实的，前方的目标是笃定的。"安平"两个字，不只是对未来的祈愿，也是对远方的承诺。

发现一个有趣的现象，泉州古桥的建造基本都有僧侣的主持或参与。"世间有佛宗斯佛，天下无桥长此桥。"建天下最长的桥，对自己心中的佛表示最高的尊崇，这就是信仰的力量。于是，父亲死了，儿子接着干；钱没了，大家一起捐。

毕竟，建桥的根本目的在于渡——渡己，渡人，渡天下苍生。

洛阳江冷桥坚强

　　从来没有哪一座桥能够像洛阳桥一样，深深地融入一座城市的灵魂，成为市民的精神宣言。

　　洛阳桥位于鲤城泉州，素有"海内第一桥"之称，被茅以升先生称为"中国古代桥梁的状元"，与赵州桥、广济桥、卢沟桥并列中国古代四大名桥。

　　洛阳桥与开元寺东、西二塔一起构成泉州"两竖一横"的历史地标。"两竖"即开元寺东、西二塔，"一横"即洛阳桥。"站如东西塔，卧如洛阳桥"是流传已久的泉州谚语，意思是做人要像东、西二塔一样顶天立地，要像洛阳桥一样坚韧顽强。

　　洛阳桥是必须要坚强的。洛阳桥原名万安桥，其所在的位置，是古万安渡口，正处于洛阳江入海口。此处江海相接，潮猛浪急，每逢恶劣天气，常常发生舟覆人亡的惨剧，当地老百姓迫切渴望有一座坚固厚重的大桥一劳永逸地解决安全过江的问题。这个重大责任落在了北宋名臣、泉州太守蔡襄的身上，他与众乡贤集万民之力，从皇祐五年（1053）到嘉祐四年（1059），历时六年八个月，建成此桥。九百多年来，这座中国最早的跨海梁式大石桥，虽屡经劫难，其主体结构却始终不垮不散，算得上是真正的"桥坚强"。

洛阳桥之所以能"万古安澜"，得益于独特的建桥工艺——建桥者开创性地运用了"筏形基础""浮运架梁""养蛎固基"等先进技术。"筏形基础"即修桥时先在江底抛置大量石块，形成矮堤，然后用条石丁顺交错叠砌形成船形桥基桥墩，可有效减轻水力冲击。"浮运架梁"即利用潮涨浪高的规律，将一条条重达数吨的大石板浮运横架到石墩上。"养蛎固基"即在洛阳桥下养殖大量牡蛎，利用牡蛎附着石头的胶合作用将桥基石和桥墩石凝结成牢固的整体。

洛阳桥不但是石桥界的巨无霸，也是一座小型的文物馆。现存桥长731米，有45墩、47孔。桥两侧安装栏杆645档，狻猊望柱104根。桥面石梁板335根，所用石梁板最长11米，最宽0.98米，最厚0.8米，有的重达15吨。另有护桥石将军4尊、石塔6座、桥亭2座、摩崖石刻6处、碑刻16方、附属文物3处。流连于洛阳桥上，不仅折服于泉州人民的坚强智慧，也深深沉醉于独具特色的闽南文化。

说到闽南文化，不免想起极难懂的方言闽南语，不承想闽南语就是古河洛语，乃是正宗的中原古音，而晋江、洛阳江之类的称谓，也不过是北方各族内迁后目睹山川形胜而起的故园之思。

小桥乘风变网红

山不在高，有仙则名。水不在深，有龙则灵。

那么，桥呢？既不高也不深，既没有仙也没有龙，也可以成为网红么？

您别说，还真可以成为网红，比如英德那座小小的石拱桥，不但红得发紫，还博了一个贴牌雅号——小赵州桥。

这座桥本名叫永丰古桥，位于英德市黄花镇明迳居委会，建于清代，年份不详。这是一座单拱石桥，全长18米，桥面宽3.7米。桥拱呈半圆形，拱跨9.8米，拱高8.5米。南、北两个桥头各有11个台阶至桥面。桥由几百块不规整的石灰石砌成，桥身两侧爬满了藤蔓。

这样一座历史不算太久远，工艺不算很特别，也没有什么文化名人和神话传说加持的石拱桥，搁在全国任何一个乡村都很稀松平常，怎么到了英德就成了网红了呢？

英德位于南岭山脉东南部，广东省中北部，距离省会广州150千米左右。英德别称英州，是广东历史文化名城，拥有两千多年的建制史，素有岭南古邑之称。英德还是广东省国土面积最大的县，旅游资源特别丰富，知名景区有宝晶宫、石门台、天门沟、飞来峡、茶趣园、英西峰林等。英西峰林是广东省最长的峰林走廊，被誉为"南天第一峰林风光""广东小桂林"。

如果说清远是广州的后花园，那么英德就是后花园里的后花园。每逢周末、节假日，到英德遛娃、骑行、露营、看风景、玩漂流、钻溶洞、泡温泉、品红茶、赏英石、吃农家菜，就成了老广放飞自我的一个不错的选择。对于摄影发烧友来说，绿意盎然的田畴、形态万千的峰林、幽深难测的岩洞、瀑流飞溅的溪涧、险峻雄奇的峡谷，甚至花草、蜂蝶、茅舍炊烟、小桥流水，都成了取景框里美妙的题材。自媒体时代，各有各的分享渠道，一传十，十传百，想藏都藏不住，想不红都难。仅2020年，英德全市就接待游客1203万人次，这1203万人次的旅游体验分享到网络，又会吸引几何级增量的潜在游客。

比如眼前这座小小的石拱桥，横跨在小河之上，勾连起两岸阡陌，突兀了田畴，点缀了峰林，听轻风流水和鸣，伴稚子老牛入画，皓月当空，星辉斑斓，虹桥飞渡，对影成趣。农人眼中极普通的一座桥，换了摄影发烧友的眼光去看，就有说不尽的诗情画意。即便是普通女性游客，谁不想着一袭旗袍，披一缕纱巾，在轻盈空灵的拱桥之上，曼妙出一身诗意？我，就是被网上的美图"骗"来的。

潮州潮人"潮"一桥

　　"到潮不到桥，枉费走一遭。"潮州广济桥（俗称"湘子桥"）中段的浮桥两边插满红色旗帜，旗帜上写着这句话。

　　好大的口气啊！把一座桥的地位抬高到比一座城市的其他东西都重要的地步，老实说，我还真没见过。

　　要是没到过潮州，没亲眼看过广济桥，总不免认为这句话不过就是个噱头，与街头那些哗众取宠、博人眼球的广告无异。

　　然而，等到你真正踏足这座古桥，甚至只需在网上看几张图片，你就会为自己的轻率和武断而汗颜。广济桥作为中国古代四大名桥之一，决非浪得虚名，当真是实至名归。

　　别的桥也许只是桥，广济桥却不单单是桥。在我看来，广济桥最与众不同的地方，就在于她萃取、集中了中国传统建筑艺术的主要样式，成为展示中国传统建筑艺术之美的展馆，流淌着浓浓的中国传统文化之美。广济桥最初叫康济桥，始建于南宋乾道七年（1171），其后多次增修、重修，至明嘉靖九年（1530）形成"十八梭船廿四洲（桥墩）"的基本格局。广济桥是屋桥，桥墩上面建有桥屋，桥屋均为传统建筑风格，亭台楼阁，形态多样。桥屋基本以一殿配二亭的形式，沿大桥中轴线纵向排列。殿即殿式楼阁，一阁独踞一墩，屋顶以歇山顶、硬山顶和悬山顶等形式为主；亭即杂式亭台，二亭共用一墩，屋顶为杂式攒尖，有圆形、三角形、四角形、扇面等等。屋顶、门窗、梁架、柱头、藻井、檐角、雀替、拱托、匾额、槅扇上有精美的木雕。桥屋上有匾额43块，楹联25副。这些匾额，如奇观、凌霄、得月、朝仙、云蘸、冰壶、小蓬莱、风鳞洲、摘星、凌波、飞虹、观瀑、浥翠、仰韩等，配上它的楹联，就像一张张传统文化考卷，考验着游客的国学底蕴。

广济桥也不只是用于通行。桥上的亭台楼阁，除了供人休息避雨外，还兼作商铺之用，形成了"一里长桥一里市"，桥即是市，市即是桥的独特"桥市"景观，以至于外地人到了此地常常闹出"到了湘桥问湘桥"的笑话。潮州木雕《湘子桥图》真实地再现了清代桥市的盛况，画中人物或摆摊设点，或沿桥叫卖，或倚栏而立，不啻潮州版的《清明上河图》。桥上人声鼎沸，热闹非凡；桥下盐商辐辏，风月笙歌。1870年，英国摄影家约翰·汤姆逊云游至此禁不住惊叹："潮州韩江桥也许是中国最值得一提的桥梁之一。它和伦敦老桥一样，都为城市提供了一个可供居民做生意的地方。"（从摄影家的照片研判，"韩江桥"即广济桥。）

广济桥另一个让人叹服的地方在于，建桥者全面兼顾了通行与通航、交通与泄洪的需要，在现有材料、设备、技术无法保证通航净高的困境下，采用了永久性和临时性相结合的设计思路，将桥的东、西二段设计成石梁桥，中间一段设计成可启闭的浮桥。这是世界桥梁建筑史上的创举，广济桥成为"世界上最早的启闭式桥梁"（茅以升语）。

广济桥与潮语、潮剧、潮绣、潮雕、潮菜等一起构成了独具特色而又光辉灿烂的潮汕文化，潮州人"潮"广济桥实在是情理之中的事情。

地名寻趣

东坑说"东"

　　光明区凤凰街道东坑社区，即过去所谓的东坑村，与我的工作单位隔茅洲河相望，过东坑桥即到，属于抬头不见低头见的主儿。

　　因了这种地缘关系，单位同事常常戏称自己学校为"东坑国际学校"，称返校为"回坑里"。有个头疼脑热的，最先想到的就是东坑社康中心，离得最近嘛！冬天天黑得早，这边厢还没放学，那边厢广场舞大妈的《可可托海的牧羊人》已经唱得震天响，把教室里的孩子逗弄得六神无主，把老师们气得七窍生烟而又无可奈何。

　　东坑之得名，是不是真的因为东面有一个大坑，我无意去考证。我感兴趣的是这个"东"字，好奇的是东坑村民对"东"字的特殊爱好。

　　东，有动的意思。《说文解字》："东，动也。"《白虎通·五行》进一步申述："东方者，动方也，万物始动生也。"动，作也；作，从人，从乍，起也（《说文解字》）。有了希望，有了愿景，有了动能，关键还要有行动。改革开放从来就不是想出来，说出来的，而是真刀真枪干出来的。喊一万遍口号，都不如踏踏实实干好一件事。思想是行动的先导，行动是思想的实践。先行先试，敢想敢干，是特区各项事业发展的根本。有了行动，思想才能够落地，蓝图才能够变现。事实证明，行动起来，实干精神，是深圳取得瞩目成就的根本原因。

东，又有主人之意。古代以东为主位，以西为客位，故主人皆称"东"，如东家、股东、房东等；客位皆称"西"，如西席、西宾等。朋友聚会，一声"今天我做东"，洋溢着的是满满的自豪感。做了东，就掌握了饭局的主动权，请谁不请谁，点什么菜，喝什么酒，喝到什么程度……一切尽在掌握之中。反过来，如果处在客人的地位，大抵只能"客随主便"，万不可"喧宾夺主"，更不可"反客为主"。比如东家把菜单递给你让你点菜，那叫客气，那叫面子，如果你信以为真，拿起笔大模大样点将起来，一定会让人耻笑。饭局如此，干事业也是一样的道理。主动权一定要掌握在自己手里，要有主人翁意识，不然，盘子铺得再大，人家核心技术一卡，你就只能喝西北风。

去到东坑，先得从松白路转入东升路，东升路就是东坑村的进村大道。然后沿逆时针方向数过去，东长路、东隆路、东坑路、东凌路、东发路、东达路、东茂路、东进路，到村中心的东福路、东康路、东居路、东安路以及东安街、东新巷，可谓无"东"则无路，无"东"不成街，无"东"难成巷。

虽然我从来不认识一个真正的东坑人，但从这些地名里，我看到了一群充满自信、勇于行动、满怀憧憬的东坑人。

长圳说"圳"

　　长圳和深圳，都是"圳"，一长一深而已，原本都是小聚居点，属旁系血亲关系，现在居然演变成了直系血亲关系——长圳社区隶属于玉塘街道，玉塘街道隶属于光明区，光明区隶属于深圳市。

　　"圳"，从土，从川，川亦声。"土"，在甲骨文中是个象形字，下面一横代表地面，上面的笔画代表土块；"川"，在甲骨文中也是个象形字，左右的笔画代表河岸，中间的笔画代表水流："土"与"川"拼合起来表示田野间的水道，可以用于灌溉和生活。

　　"圳"字在很多外地来深者的语言记忆里，其实并不陌生，因为在自己的故乡就经常用到这个词，比如在我老家就有"圳上""圳下""上圳""下圳""圳头""圳尾"之类的地名。据说"圳"是个客家词汇，随着客家人一场规模浩大、旷日持久的人口大迁徙运动，客家方言词汇也散布大半个中国。

　　中国是个历史悠久的水稻生产大国。水稻，水稻，水是稻生产的第一要素。在稻作区，必须人工修建"圳"，从江、河、溪、涧等自然水体引流入田，进行灌溉。先民们对于水的利用简直是一大杰作，他们巧妙地利用地势高低，将坡地开垦成梯田，开"圳"引流到最上面的那块稻田，然后通过控制田塍排水缺口的高度，使每一块稻田都能维持恰当的水位，保证水稻快速生长所需要的水分。"肥水不流外人田"的俗语，从它的本意来看，无关乎小圈子文化，体现的是稻作文明的智慧。农人撒肥，总是先从最上面的水田撒起，被活水带走的那一部分肥料养分会很自然地流入下一块水田，从而实现资源利用的最大化。我们现在所熟知的云南元阳哈尼梯田、广西桂林龙脊梯田、福建三明尤溪梯田等，每到灌水养田的季节，层层叠叠、形态各异的水田在阳光映射下泛着粼粼波光，煞是养眼，其实全赖"圳"之功劳！

"圳"不仅广施于稻作，也是生活之所必需，运用得巧妙的话，不只惠泽当地百姓，还能成就文化旅游的奇观。在安徽宏村，当地先祖筑坝修圳，引水进村，水圳九曲十弯，形似牛肠，穿堂过屋、早饮晚涤、浇花灌园、防火防旱、美化环境、天旱不涸、天雨不涝、天人合一、人地两宜，堪称中华乡村建筑文化之典范。在安徽呈坎村，"前有河，中间圳，后面沟"，水圳随同街道全用花岗岩铺设，时隐时现，穿堂过户，聚水聚财，源远流长，生生不息。在广东封开江口镇箖竹村，有一条建于明清时期的"神仙圳"，圳岸只会向靠山的一面崩塌，而靠近贺江一侧的圳岸从不会崩塌，如此神奇的"崩入不崩出"现象，难道真的像村民们所说，是有神仙在助力吗？"圳"正是古人运用智慧和人力，改善、提升人居环境的重要手段。

"圳"之为用如此之大，以至于现在"圳"成了一个网络热词，打开网络，"见圳传奇""圳能量""圳品上市""圳优秀""圳有趣""圳少年""圳活力""圳当年"之类的词句格外抢眼。饶是如此，农耕的长圳还是干不过工业化的长圳，水田没了，水圳也没了，取而代之的是大大小小的工业区，是各式各样的楼房。行在长圳街头，已经很难找到一丝丝农耕生活的遗存，只能闭上眼睛，从"长圳"这个地名里去遥想：许多年以前，这里也有大片大片的农田，从茅洲河上游引出的水圳可以源源不断地把清澈的河水送到田地的每一个角落，地肥水美、稻香蔗甜、瓜果连片、鸡鸭成群、鱼跃人欢，好一派岭南田园风光！

如今，成功转型的长圳社区，已然告别农耕生活，发展成了科技与工业齐飞的光明南部城市副中心。随着茅洲河沿岸连片土地整备工作的展开，长圳更加美好的未来值得期待！

田寮说"寮"

    田寮的"寮"字，带着浓浓的乡野气息，带着原始古朴的味道，引起我的好奇和关注。

    在我这个文科生的记忆里，"寮"曾经出现在地理课本里，那个地方叫"火烧寮"，位于台湾省的东北部，雨水特别多，号称中国的"雨极"。

    一个长年风雨飘摇的地方，居然叫作"火烧寮"，是不是违和感特别强？其实，也不奇怪，"寮"本来就是茅草屋，一不小心就容易失火。乾隆年间，先民们来到"火烧寮"垦荒，山野茫茫，林海浩瀚，只能因陋就简，用茅草搭建房舍，渐渐形成村落。孰料有一天煮饭不留神失了火，火借风势将全村的寮舍烧为灰烬，后人就把这里叫作"火烧寮"。一把火，烧出了一个响当当的地名，不是因为火出名，而是因为这里长期保持着中国年平均降水量的最高纪录，多年平均降水量为6557.8毫米，1912年录得最大年降雨量8409毫米。

    "寮"，从"宀（mián）"从"尞"，"尞"亦声。在甲骨文里，"寮"从"宀"，从"木"，从"火"。"宀"是屋的意思，抽取屋顶的外形特征以简单的笔画而象形之，凡屋之属皆从"宀"。比较典型的如"家"字，从"宀"从"豕（shǐ，猪）"，可以在屋内养猪意味着已经定居，故"家"表示人们定居后的住所。再如"安"字，女子安坐于室内，代表没有攻伐，天下太平。"寮"，从"木"从"火"，指烧柴生火，有温暖明亮的意思。对于旅人来说，经过长途跋涉，在荒野之中忽然发现一间寮舍，那心情该是何等惊喜啊！当寮舍里亮起灯火，升起袅袅炊烟的时候，在他脑海里浮动的一定是一家人团团围坐、共进晚餐的温馨景象！

最原始的寮，搭建起来非常简单，砍三根树枝一绑扎，就是一个稳定的三角支架，再割几把茅草一苫盖，就有了一个可以遮风避雨的容身之所。在岭南地区，农民利用竹木做房架，竹篾做墙筋，稻草糊泥做墙面，稻草苫顶，做成寮舍，供一家人生活起居。在很长一段时间里，这种寮舍是岭南农村，尤其是珠三角地区人们主要的居住方式。咸水歌《农民泪》就是对这种凄苦生活的真实描绘："日做工，夜做工，汗水湿背唔敢放松，做生做死因为家穷。灯盏无油望月上，家中无米望禾黄。口食黄连肚里苦，肚中饥饿无米来糊。日在茅寮望见日照，夜间望见月来潮。好日之时日又猛，雨天寮仔似水瓜棚……"

随着老百姓生活的日益改善，茅寮早已退出历史舞台，已经很难寻觅到它的踪影。有一年，因为到中山参加南国美文大赛的缘故，有幸在中山故居纪念馆的农耕文化展示区见识了"寮"的真容。在展示区的东北角，馆方专设了一个景点"寮"，按1∶1的比例，搭建了承载不同功能的寮，有居住的，有做饭的，有饲养牲畜的，真实地反映了岭南农村早期的寮居生活。在景点说明标牌上，用中、英、日、韩等文字，详细介绍了"寮"的建造工艺，使来自海内外的游客能够透过岁月的风尘去感受当年的寮居场景。

考诸人类的居住史，尽管茅寮是一种极为简陋的居所，但从穴居到寮居却是关键性的飞跃，其意义不亚于从利用工具发展到制作工具。在生产领域，制作工具使人类获得了大踏步超越其他动物的通行证；在生活领域，搭建茅寮则使人类的居住品质远胜于其他动物。人类前进的脚步当然不会止步于此，从茅寮到砖瓦房，从整齐划一的筒子楼到风格各异的现代洋房，人类在谋求居住环境的不断改善，也在不断提升自身的文明素养，低碳、环保、绿色、生态日益成为人们的自觉追求。

"漠漠水田飞白鹭，离离寮舍起炊烟"，当是对古田寮的最诗意的描绘，而"数间茅屋闲临水，一盏秋灯夜读书"则是无数文人墨客所追求的诗意栖居生活。

迳口说"迳"

深圳田园之美在光明,光明田园之美在迳口。光明小镇,欢乐田园,光明湖,花海,碧道,古村,祠堂,小院,民宿,番茄,草莓……随便拎一个出来,都是网红。

迳口社区隶属光明街道,地处光明街道最东面,北靠圳美社区,西接翠湖社区,南临光明中心区,总面积5.02平方千米,下辖迳口新村、迳口旧村、果林村、马头岭、迳口侨村等5个居民点,区内98%以上面积位于生态线以内,青山绿水,自然条件十分优越。

据说,迳口建村历史已有八百多年,开村始祖为黄氏族人。据黄氏族谱记载,迳口黄氏源出福建,始祖公从福建迁入光明迳口,在此地垦荒种田,代代繁衍,开枝散叶,以有此村。黄姓起源于河南潢川,最早从晋代开始迁居福建。《闽书》载:"永嘉二年(308),中原动荡,衣冠始入闽者八族,所谓林、黄、陈、郑、詹、丘、何、胡是也。"

无法确知,是先有"迳口"这个地名,后有黄氏的开发,还是先有黄氏的开发,后有"迳口"这个地名。唯一可以确定的是，"迳口"之名与这里的地理位置、地形地貌有关系。

说到"迳"，读者多少有点陌生，而对它的孪生兄弟"径"，大家则要熟悉得多，如小径、径直、大相径庭、三径就荒、独辟蹊径等。"迳"，同"径"，形声字，从"辶"，从"巠"，"巠"亦声。"辶"是一个汉字偏旁部首，读作chuò，俗称"走之底"，简称"走之儿"，源于"辵"(chuò)，意为乍行乍止，忽走忽停。《说文》："巠，水脉也。从巛，在一下。一，地也。壬省声。""巠"古同"经"，义可引申为"纵向笔直"。"辶"与"巠"合起来表示"沿着山体陡直向上的山路走"。

迳口地处山脚，东面即是"列如屏嶂"的大屏嶂山，东南面还有大顶岭、吊神山等。周末，我和儿子为了一睹光明湖的丰姿，沿着百花谷的山路一路往上爬。路是台阶路，像一条灰白大蟒，沿着山的脊线直通山顶。先前在山脚下目测起来并不很远的距离，此刻却变得遥不可及。喘着粗气问保安，还有多远可以看到光明湖，保安说也就过两个平台而已。咬了牙，攒足劲儿，一步一挪，强拖着百数十斤的身躯往上。好多次以为目光的尽头就是终点，好不容易爬到终点，抬头一望，山路又倔犟地向上延伸。等到可以透过树木的枝叶，影影绰绰看见光明湖湖面的时候，山顶还在山路的更高处。尽管"会当凌绝顶，一览众山小"的雄心还在，年过半百的衰弱之躯却让人不得不服老。

尽管叫"迳口"的地方在全国数不胜数，但在深圳这样一座特殊的城市里，"迳口"这个地名更像是一种隐喻：面对着又陡又直的山路，上还是不上？前进还是后退？《水浒传》中景阳冈下那间挑着"三碗不过冈"旗号的小店，大抵就处在"迳口"的位置，每当有人试图过冈，店老板总要好心地提醒一句"冈上有大虫出没"。武松本就虎胆雄心，加上十八碗好酒下肚，自是豪气干云，一路踉踉跄跄，上得冈来，与那"一扑""二掀""三剪"的大虫好一场惊天鏖战，硬是凭着赤手空拳将伤人无数的大虫揍成一堆烂泥，从此让"打虎英雄"的威名远扬天下。

当中国走到办不办特区这个"迳口"的时候，邓小平同志坚定指出："还是办特区好，过去陕甘宁就是特区。中央没有钱，你们自己去搞，杀出一条'血路'来。"后来无数的事实都证明，这个决断对于特区建设事业的重要意义。

迳口，迳口，就是人生和事业的一个关口，上或者不上，考验着你的信心、勇气、力量与智慧。

羌下说"羌"

　　如果仅仅是从地名用字来看，"羌下"无疑是最具有西北大漠特色的，带着浓浓的游牧民族风。

　　"羌笛何须怨杨柳，春风不度玉门关"，"羌管悠悠霜满地，人不寐，将军白发征夫泪"，"菊黄芦白雁初飞，羌笛胡笳泪满衣"，"羌管一声何处曲，流莺百啭最高枝"，一个"羌"字，牵出串串古诗词，唤起缕缕边塞情。

　　然而，我就是想破脑壳，也想不明白光明区新湖街道新羌社区的羌下村与羌人有何关系。

　　羌，读作qiāng，会意兼形声。从人，从羊，羊亦声。本义：羌族，古代西部民族之一。《说文》："西戎牧羊人也，从人从羊，羊亦声。"我国古代对少数民族的称呼，有所谓北狄、南蛮、东夷、西戎的说法，"羌"即西戎。狭义的"羌"指"羌族"，主要分布于四川阿坝，被称为"云朵上的民族"。广义的"羌"则是泛指我国古代西部游牧民族，他们逐水草而居，早在殷商初期就已向殷商朝廷称臣纳贡，商末曾参与周武王伐纣战争。

羌下村位于光明区东北角深莞交界处，地理位置十分重要，公常路（228国道深莞段，公明—常平）是深圳市主要出市通道，长年车流密集，车出羌下即进入东莞市黄江镇梅塘社区。

羌下是个移民村，村民多为广西代耕农和越南归侨。这个以外来户为主的村落，与本土的老村相比，明显要散乱得多，没有整齐划一的青砖黑瓦楼房，没有精雕细刻、庄严华美的祠堂，也没有恢宏气派的大广场。好在经过整治，墙壁都粉刷一新，添加了漂亮的墙绘，倒也有几分诗意。错落无致的村舍，大小不一、东插西斜的屋巷，随处堆放的农具，散发出原生、朴素的乡土味儿。在一处院墙外，发现了落款为"紫藤山"的一首松竹体十三行汉诗，诗为庚子夏羌下邨墙绘竣工而作："蚌岗山/羌下村/山姜美艳/村舍落成/米稻穗双熟/甘蔗像艹林/越侨似归故里/星光北岗芳邻/来了都是深圳人/来了都是一家亲/幸福村/青山屏/写入诗行画中行。"

在村东，小山包上的社区公园已基本完工。公园里有漂亮的架空栈道，有造型别致的阳光休憩亭，有专供孩子们游戏玩耍的绳圈、地道，有脚踩式蘑菇造型的不锈钢盥洗池。树木刚移栽不久，光秃秃的，树身还吊着营养袋。草皮也是刚盖上去的，地是地，草是草，还没有长到一块儿。站在小山包上向北望去，科学城启动区主体建筑早已封顶，外立面装修也已进入收尾阶段。转头向南，可以看见中山大学深圳校区的红砖楼在青山绿树之后露出尖尖的楼顶。移民旧村、科学新城、高等学府——在深圳恐怕再没有哪条村像羌下这样，将种种不同的元素、不同的风格糅合在一起，而显得如此缤纷多彩。

为了了解"羌下"的来历，我与杂货店年轻的店员、肉菜店抽着竹筒烟的中年大叔攀谈过，用蹩脚的白话和头发花白的68岁的老妇掰扯了半天，硬是没有人能说清楚到底是怎么回事。他们的答案惊人地一致，那就是他们来到这里的时候，它就叫作"羌下"。想想，也是，大家都吃鸡，没有人会关心他吃的这只鸡到底出自哪个家族——有什么意义呢？像我这样子穷根究底打探一个村子名称的来历，在日日忙于生计的人看来，纯属吃饱了撑的。可我还是忍不住想，一条村的名字就是这条村的起源，就是这条村历史的开始，就是这条村集体的记忆，就是这条村的非物质文化，我没有理由漠不关心啊！

再回到"羌"字本身，有两点给了我启发和提示：一是"羌""姜"二字同源互通，联系上面提到的十三行汉诗里的"山姜美艳"，"羌下"的得名是否缘于此地山野多野山姜？二是"羌"又是一种鹿科麂属动物，别称"吠鹿"，广东人称"黄猄"，台湾人称"山羌"，"羌下"之得名又是否缘于此村经常有"羌"从附近山上下来觅食、饮水？无论这两种猜测有没有道理，羌下生态环境优美都是不争的事实。

新陂头说"陂"

　　看到新陂头这个地名，你是读新bēi头，还是读新pō头，又或者是读新pí头?

　　新陂头村与羌下村组成一个社区，社区名从村名中各取一个字，组成"新羌"这个新名字，社区隶属新湖街道，位于光明区东北部。

　　为了揭开地名之谜，我前往新陂头实地探访。从公常路转入光侨北，依次经过中山大学深圳校区、新陂头新村、新陂头旧村、大片农地，一幕幕时代的画卷反向展开，仿佛时光逆流成河，我划着小舢板溯流而上，去寻找一座小村庄的前世今生。逆流就是寻根，就是寻找曾经的记忆，就是一种文化的反刍。

　　以新陂头河为界，河之南片区因为中山大学深圳校区的加持，率先跻身高端文化科教社区。校区红墙绿顶的主色调使得整个片区散发着端庄厚重的文化气息，"凤引九雏"的设计灵感则寓意社会繁荣，吉祥如意。《晋书·穆帝纪》："（升平四年）二月，凤凰将九雏见于丰城。"寓意神仙在此，天下太平，社会繁荣，为吉祥如意之兆。整个中大校区的设计蓝图，仿似一只羽翼渐丰、欲展翅飞翔的凤凰。逸水仙山，凤凰展翅，新陂头社区因时趁势，凝心聚力，驶入发展的快车道。新陂头河改造工程已经竣工，水清树荣，花红草绿，成为市民休闲散步、观鸟赏景的好去处。社区文化公园临河而建，文化娱乐和健身锻炼设施一应俱全，操着不同口音、来自天南地北的新新陂头人在这里悠闲地嬉戏、玩耍。问起"新陂头"来，他们也是嘻嘻哈哈，众说纷纭，各有各的读法。

走过大桥，就是新陂头新村。正对桥头的是新陂头的乡村雕塑。雕塑由两个几何图案组成，左边的弧线犹如河水飞泻卷起朵朵浪花，右边的斜线仿佛一道厚厚的堤坝牢牢地把洪流锁住。雕塑正面用繁体字竖排刻着村名"新陂頭"。雕塑后面是一个小树林，树冠伸展，树荫浓密。村里的阿婆三三两两，坐在树下的石椅上闲聊。她们的广府白话有些难懂，连我这个在广东生活了二十多年的人听起来都有些吃力。边问边比画，半听半猜，勉强从她们口中了解到，"新陂头"的"陂"读作bēi，以前的新陂头村偏僻、落后，湖塘众多，榛莽丛生，交通不便，耕作艰难。对照眼前规划整齐的小区式花园楼房、宽阔干净的街道、繁荣热闹的街容街貌，你很难想象改革开放之前的那个老"新陂头"究竟是个什么样子。

比如夹在新村和旧村中间的"龙湖公园"，碧水倒映着蓝天白云，绿树掩映着环湖栈道，你完全想象不到这里原先居然是一个杂草丛生、污水横流的荒废水塘。旧村还保留着原先的形制、规模，屋巷狭窄，房舍矮小。屋舍多由三合土夯筑成墙，再在人字形屋顶盖上密密的红瓦。经过长年累月的风吹雨打，老宅都已变得破败，不大适合居住。村民们早就搬到新村的楼房去住了，老宅成了他们怀旧的地方，有事没事总爱回到老地方溜达溜达。有些还能住人的，就租给了外来户，一个月二百三百的，钱几乎可以忽略不计，赚个人气养着老宅。无论什么样的房子，最好的养护就是人气。有了人气，有了烟火，这房子就是活的，就有灵性。要是人离开了，再豪华再贵气的房子都会变得冷寂、阴森，就算风雨一时半会儿剥蚀不了，也会成为虫豸、野草觊觎的地方。好在现在政府重视旧村的保护，外立面都组织过整修。

旧村再往北，就是大片的田畴了，有种蔬菜的，有种草莓的。田畴间疏疏落落立着些寮舍，不知道是用来存放农资还是用来守夜的。可以想见的是，一代又一代新陂头人在这片土地上辛勤地耕耘，耕作和生活的条件正在不断改善。

回到"陂"字。读bēi这个音时，有池塘、水岸、斜坡三个意思；读pō这个音时，与"陀"（tuó）组合成词，表示倾斜不平；读pí这个音时，作地名，黄陂，在湖北武汉。

从长者口中得知，新陂头村原名龙湖围，因村落周围遍布河汊湖塘而得名，后来村民为化水害为水利在河上修筑堤坝，村落恰好处在坝头位置，临水靠坡，而改为新陂头。

薯田埔说"埔"

走进薯田埔老村，我仿佛坠入了时空和语言的陷阱。

没有高大的牌楼，没有气派的门洞，随便从哪个巷子口扎进去，就扎进了历史的深处。一水儿的青砖瓦屋已经抵挡不了时光的侵蚀，有些墙壁的砖头开始风化、脱落，窗口的铁栏杆锈迹斑斑，窗檐上长满了杂草，用来装饰门檐的蚝壳颜色变得灰暗，屋门上着锁或者干脆用砖封死。榕树爬上了墙头，密密麻麻的根须贴着墙壁畅快地行走，像小蛇一样钻进裂隙，或者从残存的水管一端溜进去又从另一端探出来。从黑洞洞的窗口朝里望去，什么也看不见，有时候又豁然露出半屋子的阳光，坍圮的内墙和倒塌的屋顶委顿成废墟，杂草树木在废墟上肆无忌惮地吞食着阳光。这些房屋，大多已经闲置，少部分出租给外来打工者。危险警示牌和招租告示像两个淘气包，攀附在墙壁上暗自较着劲儿。

行走在纵横交错的巷道，似乎处处通达又杳不知所终。一样的房屋，一样的小巷，像一块巨大的棋盘，如果不看墙上钉着的铭牌，你根本无法定位自己的坐标。这里不是大唐皇城，也没有朱雀大街，但"百千家似围棋局，十二街如种菜畦"的规制和格局却给人一种误入皇城的错觉。从规制较为统一的房屋来看（后期的改扩建部分改变了原有格局），这片聚居区大概有13乘以13共169栋房屋（粗略概算，不完全统计，或有出入）。要论中轴线，本地人可以很轻松地找到直街和横街。以直街为基准线，可以从一巷一直排到十八巷；以横街为基准线，西面可以排到七号，东面可以排到八号甚至更远（改扩建）。以脚步丈量，纵向有192大步（一大步接近一米），横向有197大步。

在老村的西北角，有做工非常精细的甘泉麦公祠，青砖绿瓦，雕梁画栋，体现出抗拒时光流逝的强大力量。一街之隔，是佳兆业城市更新项目部的办公大楼。据说，整个老村已列入城市更新项目，未来取而代之的是一片崭新的街区。再往北走一百米左右，就是薯田埔村的牌坊。牌坊正面上书"薯田埔"，背面则是"德福庄"，一俗一雅，一实一虚，一"脚踏大地"一"诗和远方"，一体两面，恰是对薯田埔村的真实写照。视线越过牌坊，可以看见地铁6号线的高架桥凌空飞渡，穿梭的列车呼啸而过。

薯田埔算是我比较熟悉的地方，我就住在附近的宏发嘉域。我像芸芸大众一样，把这里叫作薯田埔（pǔ）。甚至，在读到大埔（广东梅州下辖县）这样的地名的时候，也稀里糊涂凭印象凭经验读作大埔（pǔ），从来没有想过有什么不妥。再扯远一点，比如位于广州长洲岛的黄埔军校，一直以来就理直气壮地把它读作黄埔（pǔ）军校，从来没有怀疑过它还有别的什么读法。只是近来对光明区的地名起了兴趣，我不免事事较真起来。

顺着源流来考究，首先得说说"甫"字。这个字沾了诗圣的光，人人都知道读作杜甫的甫（fǔ）。这个字的发展脉络有两条线：一个是甲骨文字形，是象形字，象田中有菜苗之形，可引申出"才""刚""起初"之类的意思；另一个是金义字形，形声字，从"用"，从"父"，"父"亦声，男子的美称，再通借为"父"。再说一个在古诗文里经常出现的字"浦"（pǔ）。这是个左右结构的形声字，从水，甫声，本义"水滨"，表示水边或河流入海的地区，比如上海著名的黄浦江。古代交通，以水运为主，水之滨便成了"洒泪而别"的特定场所。"画栋朝飞南浦云，珠帘暮卷西山雨"（王勃《滕王阁序》），想一想都是很美的图画。美则美矣，轮到"子交手兮东行，送美人兮南浦"（屈原《九歌·河伯》），"江上梅花无数落，送君南浦不胜情"（武元衡《鄂渚送友》）的时候，就只能"肝肠寸断"了。

至于"埔"字，则是仅用于广东、福建、台湾一带的方言地名用字，意思是大片平整的田地，只有"bù"这个读音，如广东梅州的大埔就只能读作大埔（bù）。广州的黄埔是个小地方，原本也读作黄埔（bù），建军校的时候蒋介石匆匆忙忙把"埔"字读成了"浦"字，这才以讹传讹有了黄埔（pǔ）这个读法。考证薯田埔的地名来历，据当地人说，过去的薯田埔是一大片平整的田地，盛产的番薯又大又甜，远近闻名，所以，老百姓都把这一带叫作薯田埔（一作"茨田埔"，"茨"就是"番薯"的意思）。今天来掰扯"埔"的读音来历，有一点天方夜谭的味道。群众和习惯的力量是无比强大的，如果我非要逆天而行，将其读作薯田埔（bù），不要说路人对我侧目而视，就是内人也要骂我

"蛇精病"。

但我还是惦记着"埔"，惦记着那片能长出又大又甜的番薯的田地，惦记着田地上绿油油的番薯苗。

〈后记〉

文字里的温度

经常有朋友问我："这文章是谁叫你写的？写这文章有钱吗？"

这个问题有点尴尬，不怎么好解释，但符合芸芸众生的思维逻辑和行事逻辑：做任何事都是有由头的，做任何事都是有价值追求的。

今天，趁着给这个集子做总结的机会，好好思考一下这两个问题。

第一个问题：谁叫你写的?

码字的人都不喜欢写命题文章，写命题文章总是要顺从别人的心气。文艺圈有个"顾客与店铺论"，大概说的是作家要无条件接受读者的批评，读者就相当于顾客，顾客就是上帝，上帝是不接受反驳的。老实说，我不是很认同这个说法。码字的人，骨子里都有一股桀骜不驯的性气，是万万不肯给自己找一尊菩萨来拜的。那些一边码着字，一边声称自己愿意被顾客挑三拣四的，我对他话语的可信度打一些折扣。

码字的人只喜欢写自己想写的文章，他分明听得见自己的内心有一串强烈的声音：我要写，我要写。这种声音有时候来得很不是时候，深更半夜地爬起来，让人以为是得了梦游症。说是自己的声音，其实也可能是别人的声音，是别人钻进了你的身体，假冒你的声音。比如我单位的物管老冯，就经常拎着个桶子钻到我身体里来。还有饭堂的那个卢阿姨，戴着个船形帽，一副空姐儿的派头，也经常钻到我的身体里来。还有体育老师，天天在校园里晃荡，不是领着学生练俯卧撑就是领着学生拉单杠，他们有时候也钻到我的身体里来。还有我的老爸，本来躲在老家好好的，也不甘寂寞，顺着我老哥的电话挤过来，钻进我的身体里。老哥说他把诊所交给五弟后太折腾了，修路修路差点把自己修进了牢房。有人说，最烦那些写游记的人，动不动就把景区导览词背一遍。背导览词当然不好，但景区也是有生命的，它也要发声，也想挤进码字人的身体里。还有那些落寞的古桥，顶着国家重点文物保护单位的名头，独自在深山老林里抵抗着时间的侵蚀，它们也很委屈，也想挤进码字人的身体里，钻到文字里，让世人知道它们的存在。码字人的身体是漏风的，一不小心就中了邪，入了蛊，身体里的那点能量、那点热量就慢慢地随文字渗出去，使每个字都带着自己的体温。

我知道我这样解释，还是会有人不明白。

第二个问题：写文章有钱吗？

有些有，有些没有；有些很多，有些很少。

我想，每一个码字人都可以大大方方地承认，文字是有价值的，让文字的价值变高，让文字的价值变现，这没有什么不好。当然，变不了现也没关系，文字除金钱以外的那一部分价值，至少于自己而言，是不会灭失的。甚至，乐观一点想，也许还有人枕着你的文字入梦呢，多好啊。